Asia Jilimpo

陳明仁

台語文學有聲冊

拋荒的故事

第二輯：田庄愛情婚姻紀事

(1書+2CD光碟)

前衛出版
AVANGUARD

全六輯「友情贊助」
徵信名錄

謝慧貞小姐	林清祥教授	鄭詩宗醫師	忠義先生
張復聚醫師	陳遠明先生	賴文樹先生	吳富焒博士
王寶根先生	柯巧俐醫師	莊惠平先生	謝樂三先生
王宏源先生	王挺熙先生	蘇柏薰先生	懷仁牙科
陳志瑋先生	洪嘉澤醫師	花致義先生	白正欣先生
林邱秀治女士	李秀鳳小姐	蘇禎山先生(兩套)	
林麗茹老師	楊典錕先生	蔡松柏先生	邱瑞山先生
陳政崑先生	林本信先生	彭鴻森先生	張賜勇先生
黃麗美小姐	梁燉煌先生	高寶鳳小姐	李文三先生
戴振宏先生	呂明哲先生	李永裕先生	郭峰月女士
黃耀明先生	林鐵城先生	余明道先生	彭森俊先生
林秀清先生	陳福當老師	蔣日盈老師	陳義弘先生
許文彥先生	劉政吉先生	黃玲玲老師	王樺岳先生
蔡彰雅先生	程永和先生	台發國際有限公司	
巫凱琳小姐	江淑慧小姐	王春義先生	呂祥雲女士
鄭宗在先生	吳宜靜小姐	徐瑤瑤小姐	羅惠玲小姐
許錦榮先生	黃永駿先生	王朝明先生	林明禮先生
林俊宏董事長	邱文錫先生(十套)	戴瑞民先生	
林昭明先生	曾秋富先生	姜佳雄先生	馬勝隆先生
汪嘉原先生	勤拓行	張珍珍女士	張星聚醫師
張文震先生	張渭震醫師	施永和先生	張蘋女士
陳武元先生	黃春記先生	徐健民先生	林朝成牧師

陳坤明先生　鄭曉峰老師　林麗玉老師　李文正議員
楊季珍老師　蕭喻嘉老師　陳金花老師　汪緯斌先生
陳金虎先生　張炳森老師　謝禎博先生　林昭銘先生
丁鳳珍老師　李青青小姐　李維林先生　郭美秀小姐
黃壬勇先生　蘇正玄先生　涂慶信先生　黃秀枝小姐
邱小姐　梁家豐先生　吳新福先生　黃振卿先生
郭文卿先生　李文雄先生　謝武偉先生　高澤仁先生
高淑慧小姐　錢秀足小姐　林定緯先生　黃世民先生

(贊助名單至2013年1月底止)

徵求2300位 (台灣人口萬分之一)

開先鋒、擎頭旗的本土有心有緣人士！
◎「友情贊助」預約全六輯3000元

※大名寶號刊登各輯書前「友情贊助名
　錄」，永遠歷史留名。
※立即行動：送王育德博士演講 CD 1 片
　+Freddy、張鈞甯主演《南方紀事之浮
　世光影》絕版電影書1本(含MP3音樂光
　碟)

目次

第二輯：田庄愛情婚姻紀事

編輯說明

桌頭按語 /香仔火

　　一、本冊：《拋荒的故事》，前身為台文
作家 Asia Jilimpo (陳明仁)所寫「教羅漢字版」
台語散文故事集《Pha 荒 ê 故事》，改寫為
「台羅漢字版」(書後仍附陳明仁教羅漢字版原著
文本，已有台語文閱讀基礎者可直接閱讀)，以故事
屬性分輯，配有聲冊型式再出版。分輯篇目請
見書後所附《拋荒的故事》有聲出版計畫表。

　　二、本冊所用台語羅馬字音標符號，依據
教育部所公佈之「台灣閩南語羅馬字拼音方
案」(簡稱台羅拼音)。其音標標記符號，請參
酌書末所附「台灣羅馬字音標符號及例字」，
應該是幾小時內就可以學會。

　　三、本冊所用台語漢字，主要依據教育部
「台灣閩南語常用詞辭典」用字，僅有極少部

分不明確或有爭議的台音漢字，仍以羅馬字先行標寫，完全不妨礙閱讀連貫性。至於其「正字」或「本字」，期待方家、學者有以教正。

四、本冊顧慮到多數台語文初學者易於進入情況，凡每篇第一次出現的「台語生字」，都盡可能在行文當頁下方標註羅馬音標及中文註解，字音字義對照，一目瞭然。

五、本冊為「漢羅台語文學」，閱讀先決條件是：1.用台灣話思考；2.學會羅馬字音標。已經定型習慣華文的讀者，初學或許會格格不入，但只要會聽、講台語，腦筋轉一下，反覆拿捏體會練習，自然迎刃而解。

六、本冊另精心製作有聲 CD，用口白唸讀及精緻配樂型態呈現台語文學境界，其口白唸讀和文本文字都一音一字精準對應，初學者可資對照學習。但即使不看文本，光是聽 CD，也可以充分感覺台語的美氣，台灣的鄉土味、人情味，農村社會的在地情景，以及用文學表現出來的故事性、趣味性，的確是一種台語人無比的會心享受。

　　七、「台語文學」在我們台灣，算是制式教育及主流文壇制約、排擠、蔑視下的純自覺、自發性本土文化智慧產物(你要視爲是一種抵抗體制的反彈，那也有十足的道理)。好在我們已有不少前行代台語文作家屈身帶頭起行了，而且已經有相當可觀的作品成績，只是我們尚未發覺，或根本不想進入罷了，這是極爲可惜的事。

　　八、身爲一位長年在華文字堆打滾的台灣編輯匠，如今能「讀得到」我們阿公、阿媽、老爸、老母教給我們的家庭、社會話語，能「聽得到」用我們台灣母土語言寫出來的書面文字，實感身心暢快，腦門清明，親近、貼切又實在。也寄語台灣人，台語復興、台文開創運動的時代已經來了，你就是先知先覺的那一位。

　　其實台語、台文並不困難，開始說、讀、寫就是了。阿門，阿彌陀佛。

Pha-hng ê Kòo-sū

《拋荒的故事》

第二輯：田庄愛情婚姻紀事

原著／Asia Jilimpo (陳明仁)

漢字改寫／蔡詠淯

中文註解／蔡詠淯　陳豐惠　陳明仁

插畫／林　晉

（台羅漢字版）

作者畫像素描

「Pha 荒 ê 故事」ê 故事

陳明仁

熟 sāi 台語文界 ê 讀者早就知影，《台文BONG 報》ták 期 lóng 會刊 1 篇散文小說「Pha 荒 ê 故事」，作者是《BONG 報》ê 總編輯陳明仁。Ùi 幾個所在 thang 知影，第一，文字風格，《台文 BONG 報》ták 期 lóng 有小說，作者 Babuja A. Sidaia，ùi《A-chhûn》這本小說集出版，thang 知影是陳明仁 ê 筆名，「Pha 荒 ê 故事」用詞 kap 語法 lóng kap Babuja 差不多。第二，筆名 Asia Jilimpo，縮寫 A. J.，kap A 仁 kāng 款，koh 眞 chē 人知影 A 仁是出世 tī 彰化 ê 二林，古稱二林堡。Asia 會 sái 講是『亞細亞』，m̄-koh 作者眞正是 1 個生活上 ê a 舍，厝內事 lóng m̄-bat，kan-taⁿ 趣味 tī 文學生活 niâ，眞正是 1 個來自二林 ê 『活

寶』。第三，tòa 台灣 ê 朋友有機會 tī tak 個禮
拜 chái 起時 9 點到 10 點收聽中廣電台播出，
節目 ê 名稱是「走 chhōe 台灣」，由雅玲小姐
kap A 仁主持，1 禮拜 A 仁唸 1 篇「Pha 荒 ê 故
事」，雅玲負責配故事 ê 背景音樂，koh kap
作者討論作品內涵 kap 價值觀。

　　我寫這個系列 ê 故事，原本 m̄ 是講 jōa 有
計劃--ê，hit chūn 為著作者 ê 願，有開 1 間巢
窟(Châu-khut)咖啡店，意思是 beh hō 1 kóa tī 台
灣這款社會思想 ná 像亂賊、土匪這款人，會
tàng 來行踏 ê 所在；作者 han-bān 經營，這
chūn 都也倒店--a。Hit 時我 1 工有超過 10 點
鐘 ê 時間 lóng tī 巢窟，我 ê 工作電腦就 khǹg
tī hia，若有熟 sāi 客來，我就 hioh-khùn，kap
人 lim 咖啡、開講、撞球，心情平靜就寫作，
想講 beh 為台語文 ê 散文小說寫出另外 1 種
風格，頭 1 篇〈大崙 ê a 太 kap 砂礐〉就是
用「巢窟散文」ê 總名 tī《台文 BONG 報》
發表。寫到第 5 篇〈沿路 chhiau-chhōe gín-á
時〉，本底 kap 我 tī 中廣做「走 chhōe 台灣」

ê 雅玲建議 tī 電台唸讀，hō 聽眾有機會 ùi 聲音去感受台語文學。就 án-ni 開始，我 1 禮拜寫 1 篇，ták 篇 lóng 控制 tī 差不多字數，起造 1 種講故事兼有散文詩氣味 ê 文體，講是小說，koh 對白講話 khah 少，是爲聲音文學所經營 ê 文學。

　　講著「Pha 荒 ê 故事」ê 寫作意涵，我是傳統作 sit gín-á，田園 m̄ 作，放 leh 發草，就叫做「pha 荒」。有 1 tè 歌「思念故鄉」，內底有 1 句歌詞是我眞 kah-ì--ê：

爲何愛情來拋荒(pha-hng)？

　　田園無好禮 á 種作、管理，就會 hō pha 荒--去，愛情比田園 koh-khah 敏感，若無斟酌 kā 經營管理，當然 koh-khah 會 hō pha 荒--去。Che 是 kā 具體 ê 用詞意念化，台語文本底講--ê，lóng 是具體、寫實--ê，若 beh 提升做文學語，需要 1 kóa ùi 具體物提煉--來 ê 書面語詞，我就是用這款意念，beh 開發另外 1 種母語文學 ê 寫作風格--ê。Tī《A-chhûn》這本小說、

戲劇集，有收 1 篇舞臺劇〈老歲 á 人〉，笑詼笑詼，講實--ê，我是 leh 寫 1 種 pha 荒 ê 價值觀，台灣古典 ê 農業社會有發展 i ka-tī ê 價值，m̄-koh tī 現代社會，生活條件 kap 環境齊 (chiâu)改變，價值觀當然有無 kâng，m̄-koh 農業社會 ê 老歲 á 人，in 為著語言 ê 制限，無法 tō 接受現代社會 ê 價值觀，致使傳統 ê 台灣人價值觀念，tī 現此時 ê 社會環境 soah 變做笑話，m̄ 知有 jōa chē 人 leh 看〈老歲 á 人〉這齣舞臺劇演出 ê 時，笑 gah 攬肚臍，我 mā 為著觀眾 kan-taⁿ 笑 niâ，ka-tī leh 流目屎。

價值觀是經過比 phēng--ê，m̄ 是絕對--ê，「Pha 荒 ê 故事」，我 ta̍k 篇 lóng 是用現代做起頭，chiah 講 1 個五〇、六〇年代台灣農業社會 ê 故事，透過故事，kā 本底台灣人所堅持 ê 價值 thе̍h 來做比 phēng，m̄-koh 比 phēng 是讀者讀了 ê khang-khòe，作者無 tī 文學進行中加話。經過比 phēng，lán thang 了解，台灣社會環境kap 生活所 óa 靠 ê 條件提供 lán siáⁿ-mih 價值，造成台灣 siáⁿ-mih 性格，ùi chia，lán thang 理解未來台灣人 tī 傳統 ê 下 kha, lán beh chóaⁿ 建立新 ê 台灣性格, che 是台灣文化 ê 大工事, 我 siàu 想 beh 做疊磚 á 角 iah 是 khōng 紅毛塗 ê 地基。

有時 á 我 mā 會跳脫台灣 ê 古早, kap 現代做比 phēng, 親像〈離緣〉這篇, hit 時我 ka-tī mā 有婚姻 ê 困境, 想著米國作家 mā bat 處理過這款題材, he 是米國人用 in 古典對婚姻 ê 價值觀, hō͘ 讀者做反省--ê, 我專工用西方 ê 觀念, 來 kap 台灣做 1 個比 phēng, mā hō͘ ka-tī 婚姻問題看會 tàng chhōe 有 kóa 出路--bē。

為 beh 兼顧散文效果, 我講故事 ê 時, 有專工寫境、寫情, 用口語式 ê 書面語製造 1 種文學情境, kap 中文 ê 文學語無 siáⁿ kāng 款 ê 表達方式, 口語 mā 會 tàng 有 súi ê 文學境界, 台語文現代 iáu 無真 chē 書面語 thang 利用, lán 這時需要用口語做地基, chiah 有未來 lán ka-tī 母語 ê 書面語文學。

（〔編按〕以上羅馬字為「教會白話字」系統）

　　本輯主題是愛情的故事。愛情是自有文學創作以來，從未缺席的話題，很少聽過有哪個文學家沒寫過愛情的故事。

　　台灣人本是平埔族的母系社會，近現代轉為漢化，男女地位逆轉，對婚姻、愛情觀念、價值思維也有所差異，筆者自認為平埔人後代，當然有女性崇拜情節，試圖在作品中起造台灣女性風貌，《拋荒的故事》中有關愛情的佔了絕對多數，本輯收的六篇不過是盡量挑出不同的面向。

　　此輯六篇內容導讀、介紹已託請好友廖瑞銘、何信翰兩位學者專文，筆者不再野叟獻曝。

　　本輯除〈發姆--仔對看的故事〉仍由本人唸讀外，另邀請五位台語文運動有志來參與，為表感謝，容我簡介一下：

　　〈愛的故事〉：由吳國禎聲音演出。吳國禎是台灣學的研究者，也有台語詩創作，眾所皆知是他對台語歌的研究、推展，及主持節目的功力。

〈來惜--仔佮岡市--仔的婚姻〉：林淑期聲音演出。淑期是國小老師，長期關心本土教育，對台語文有投入相當心的研讀，在北縣母語輔導團團隊，有很大的努力，與夫君劉明新老師，是我尊敬的鄰居。

〈濁水反清清水濁〉：陳豐惠聲音演出。陳豐惠是台語文運動最重要的人士之一，她的台語文作品相當傑出，是筆者長期工作的夥伴，這一輯也是由她總覽製作事工。

〈再會，故鄉的戀夢〉：劉承賢聲音演出，劉承賢是很傑出的小說創作者，近年來又投入李江却台語文教基金會編輯事工（與陳豐惠），目前在清華大學攻讀語言學博士課程，未來將對台語文學有所致力。

〈顧口--的佮辯士〉：葉國興聲音演出。葉國興是筆者友群中相當博學多才的，語言能力很好，能說多國語言，對台語文推展也出錢出力，也有語文創作，外界只知道他曾擔任過行政院秘書長及新聞局長等職，其實是個至性至情的人。

　　當然，這期還是黃雅玲小姐音樂製作總監，配合錄音師小隆老師，精采可期。

　　蔡詠淯是優秀的語言學研究生，這輯也幫忙詳細加註解，在此致謝；也非常感謝畫家林晉先生提供作品給本書做插畫。

　　感謝林文欽先生的努力，更感激你的聆聽、閱讀，我們一定會給台灣有尊嚴的未來。✍

利他、幸福的情感款式

《拋荒的故事》第二輯
「田庄愛情婚姻紀事」
導讀

廖瑞銘

中山醫學大學台灣語文學系教授
兼通識教育中心主任

顧全著你的幸福、自由，我已經決意囉！
我要恬恬來去。再會！心愛的。
——〈再會夜都市〉，葉俊麟作詞，洪一峰原唱

一、找回台灣人的文化自信

在《拋荒的故事》第一輯的導讀中，我們就指出陳明仁寫這一系列故事的終極企圖是「用文學承載語言，用故事再現台灣『殖民前

的在地文化價值觀』」，希望透過文學作品鼓舞台灣人，擺脫腐朽封建的中國文化，把我們自己的價值觀（像婚姻觀、土地觀、金錢觀、道德觀、宗教觀……）找回來，建立台灣文化的主體性。因為經過幾次外來政權殖民，尤其在中國文化的幽靈下，台灣人對於自己的文化失去自信，放棄詮釋權，毫無「主體性」可言。

第一輯「田庄傳奇紀事」，收錄了〈地理因仔先〉、〈新婦仔變尪姨〉、〈改運的故事〉、〈大崙的阿太佮砂礓〉、〈指甲花〉、〈牽尪姨〉等六篇「鄉野傳奇」，以尪姨相關的故事為主題呈現台灣平埔族母系社會的傳奇與價值觀，充滿了民俗、宗教的趣味。

第二輯「田庄愛情婚姻紀事」收錄了〈愛的故事〉、〈濁水反清清水濁〉、〈顧口--的佮辯士〉、〈再會，故鄉的戀夢〉、〈來惜--仔佮罔市--仔的婚姻〉、〈發姆--仔對看的故事〉等六篇，要呈現的是殖民前台灣人的愛情婚姻觀。

二、利他、幸福的情感款式

　　台灣社會生活款式普遍受到漢人的影響，有關愛情與婚姻這個議題也不例外，經過都市化以後，我們今天已經很難再看到屬於平埔族母系社會的特色，以及舊式農村社會那種利他、幸福的情感款式。第二輯這六篇有關愛情婚姻的故事，並不都是圓滿喜劇收場，但是每一篇都讓我們看到在那拋荒年代的台灣人，尤其是女性，對愛情的堅貞不二，以及在感情事件中所流露出來的溫潤、體貼，以致於化解了可能形成的風波或減少更大的傷害。

　　〈愛的故事〉中，姊姊蕊--仔在婚後因為不堪家事繁忙，又感受不到丈夫阿州及公婆的疼愛而尋短自殺。妹妹莓--仔卻自願嫁給姊夫，「代姊做母」去照顧姊姊留下來的三個小孩。莓仔的父母原本也不贊成這樣做，但是阿州向他們誠心懺悔沒能好好照顧蕊--仔，最終居然能得到岳父母的成全，有個不錯的結局。

〈濁水反清清水濁〉中的「四舅」跟農場老闆的千金談戀愛，因為門戶不相當，加上同姓不能婚配的禁忌，遭到雙方家長的強烈反對。但是，千金小姐的愛情堅定，非「四舅」不嫁。當「四舅」在颱風過後，利用到濁水溪邊勾大檜木的時候，被大水沖走自殺；千金小姐隨後竟然也跟著決意溺水殉情。事後，農場老闆決定同意讓他們合葬，也算圓滿。

〈顧口--的佮辯士〉中那個電影辯士「里見先」與戲院門口收票小姐阿蘭的若有似無的外遇，雖然被辯士的太太知情，鬧到戲院老闆那裡，最後以雙雙離職、自然分手做收，而收票小姐阿蘭也有好歸宿，喜劇收場。

〈再會，故鄉的戀夢〉看似一段輕淡的童年回憶，卻也包含兩件情愛糾葛。其一是主角阿瑞的原住民女同學Hisu的母親嫁給旺叔，而旺叔前妻因為丈夫（旺叔）愛喝酒而離婚，其間卻跟阿瑞另外一位好同學阿坤的爸爸有關係，所以兩家大人有嫌隙。其二是阿瑞與阿坤同時對Hisu有愛意。阿坤因為要補償爸爸跟旺

叔前妻有染的虧欠，時常去幫助Hisu做農事，因此與Hisu有更親密的機會，甚至Hisu懷了阿坤的孩子。結果是，爲了怕旺叔對阿坤父子的「新仇舊恨」而抓狂，而請阿瑞承認Hisu懷的小孩，化解了一場可能造成的風暴，不過卻是阿瑞青春歲月中一段未完成的戀愛夢。

〈來惜--仔佮罔市--仔的婚姻〉中，富人家的女兒來惜--仔結婚前，在採購嫁妝的店裡，因爲一塊布料的買賣，而認識同樣在辦嫁妝的窮人家女兒罔市--仔，來惜--仔居然突發奇想，並執意進行了一個「交換新郎」的計畫。結局是因爲富家女來惜--仔的堅持而「皆大歡喜」。

〈發姆--仔對看的故事〉是講一個朋友的媽媽發姆--仔，跟作者說她自己年輕時代的故事。媒人很認眞跟發姆--仔（本名青紗）介紹對象，最後介紹認識一位在鄉公所上班的職員。在第二次見面時才發現男方跛腳，爸爸添丁有意要放棄，可是紅線卻怕傷了男方的自尊心而主動多約幾次會，終於有結果。不但打破

相親結婚的迷思，同時間接批判了社會對身心
障礙人士的歧視。

三、父母做主，媒人牽線的社會制限

　　記得小時候，家裡工廠播送的第一首耳
熟能詳的台語歌是，文夏唱的〈男性的復
仇〉，裡面的歌詞、對白說到「多情多恨的世
界……，你看咧，每日的新聞報紙上都寫著愛
甲恨、毒殺、兇殺、自殺的記事，實在彼款是
真戇的人」，半個世紀過去了，今天的新聞報
導，仍然時常出現兩性衝突的家庭人倫悲劇，
很多人把「人心不古」這句成語當成口頭禪，
而感嘆不已。我則好奇，到底以前台灣人的男
女情感對待款式有如何的「古意」？讀過這一
輯《拋荒的故事》所呈現的幾個溫暖幸福的個
案，讓我們見識到台灣人浪漫傳奇的一面。

　　在這些愛情故事中，有可能會造成悲劇的
元素都是來自父母的干預。在台灣傳統農業社
會中，兒女的婚姻都是由父母或是其他長輩全

權做主，做兒女的對於關係自己一生幸福的終身大事，並沒有自主的權利。〈濁水反清清水濁〉中，農場頭家就是非常典型的例子，就算在工作上非常信任「四舅」，甚至也讓他跟女兒一起讀書學習，但是當女兒表示要嫁給「四舅」時，還是堅決反對，憤然說出：「若beh娶góan cha-bó͘ kiáⁿ，聽候濁水溪水反清chiah 來kap 我講！」可以看到那種傳統父母主宰兒女婚姻大事的威權。四舅的父母反對的理由則是：「雙方面ê 戶tēng 差hiah kôan，án-ni bē-sái。外公想khah 斟酌，i 講互相lóng 姓鐘，是無一定kāng thiāu-á 內，總--是kāng 姓就bē-sái做親chiâⁿ，」明顯說出重視門當戶對的觀念。

另外，在傳統社會中，青年男女社交的機會較少，一般嫁娶都要借助媒人居中牽線促成，而「對看」（相親）是一種儀式，要透過這種儀式才可以取得父母上一輩的背書認可。〈發姆--仔對看的故事〉可以看見媒人婆在早期社會的重要性。故事中的添丁伯把女兒的自由戀愛當做是羞恥的事情，跟他老婆埋怨說：

「人講我添丁--á ê cha-bó kiáⁿ lóng是ka-tī戀愛--ê，這聲，有影是無影無跡hō人講gah 對對，我beh án-chóaⁿ 見--人？」他老婆則回應他說：「Siáⁿ-mih leh ka-tī 戀愛？hm̂ 人婆--á m̄是有安排in 2 個對看--過？」化解了添丁伯的疑慮，才放心把女兒嫁出去。阿仁很技巧地諷刺傳統觀念過份看重「相親」的形式意義。

一旦聯姻成功，男女雙方都會奉送相當優厚的媒人禮。因此，媒人為了賺紅包錢，便會刻意掩飾對方的缺點，誇大對方的條件，比如〈發姆--仔對看的故事〉中，第二次見面時女方才發現男主角是跛腳，關鍵就在相親時，媒人說：「有kóa khah 無好--ê 人lóng 會知」，故意用台語的諧音（「kha」 無好--ê 人lóng 會知）掩飾男方的缺點。因為誤信媒人婆的言過其實，致使有的新人在婚後才識破，但是為時已晚，這也是可能造成悲劇的原因之一。

婚姻是人生中的大事，個人生命中的一個重要關口，所以，婚禮就具有一種莊嚴的意義，透過這個儀式，個人可以達成內心祈求的

願望；得到一個新地位，展開新生活，脫離舊
生活，圓滿扮演新的角色。因此，婚禮儀式有
其趨吉、避凶以及子嗣生育的意義與禁忌，若
是其中任何一個階段有問題，往往就為這件婚
姻罩上陰影。〈愛的故事〉中，蕊--仔與阿州
結婚那天，雖也花錢請人看過日子，誰知當天
下大雨、大淹水，新郎踢轎門時，鞋子還飛出
去，掉到水裡。阿州的父母原本準備一個歡喜
的心情要迎接媳婦，就因為這場淹水而對蕊仔
不滿意，阿州也跟著不怎麼高興。娶過門後，
對蕊--仔的感情一直冷淡下去，終至造成一場
婚姻悲劇，說明了台灣人重視婚姻儀式到迷信
的程度，而且因此也讓女性在婚姻中背負了太
多的冤屈。

　　早期台灣社會也很重視女性的貞操，普遍
有「處女情結」，因此，婚前性關係是一項禁
忌。〈愛的故事〉中對於青年男女約會場景的
描述，就非常生動地反映了當時的「保守」原
則。當時鄉下人青年男女交往，都先經過媒
人居中介紹，訂婚後才肯讓男方帶女兒出去喝

茶、看電影或是郊遊。但是鄉下地方，女兒被
人家帶出去也很有顧慮，怕萬一姻緣不成，日
後給別人背後留閒話，說：「某某人ê cha-bó
kiáⁿ hit chūn hông chhōa出去幾nā pái，kám iáu
koh kui 身軀好好？」或者是說：「這個某人
ê cha-bó kiáⁿ ah 都kap 某mih人ê 後生行hiah chē
pái--a，尾--á thài 會婚姻無成，kám 是有siáⁿ欠
點hō͘ 對方看破kha手？」所以女兒出門，為了
避免閒話，父母會派弟弟或妹妹陪姊姊一起去
約會。也有的女孩子嫌身邊多跟一個跟班礙
事，就抱一隻貓或是小狗出門，那小貓、小狗
的脖子不能綁繩子，一方面，手抱著動物可以
證明她的清白，二來也可以增添女孩子的氣
質。

四、顧全幸福，追求愛情自主

　　儘管當時的台灣人社會對於男女關係是那
麼保守，而且漢人父權觀念還很濃厚，甚至到
封建的地步，父母、家族仍舊是婚姻愛情很重

要的決定因素。不過，在阿仁的故事中，都可以看到堅強的女性對保守原則做不同程度的衝撞，爭取到自主空間。

　　阿仁小說的故事情節，包含了很多種台灣人的婚姻類型，大部份的婚姻與愛情都有來自父母的威權壓力，如果要追求愛情的自由、婚姻自主，就必須付出多多少少的代價；如果無法說服父母，有的人只好採取激烈的殉情手段來表現自己堅決的意志，例如〈濁水反清清水濁〉中的「四舅」與農場的千金因為父母反對，以致落得雙雙殉情的結局，這是比較悲慘的例子。像〈愛的故事〉中的妹妹莓--仔可以說服父母嫁給姊夫，「代姊做母」去照顧姊姊留下來的三個小孩。〈來惜--仔佮罔市--仔的婚姻〉中的來惜--仔可以堅持到底，與罔市--仔完成「交換新郎」的誇張計畫。〈發姆--仔對看的故事〉中，發姆--仔可以超越肢體的因素，選擇跛腳的阿發。

　　至於〈顧口--的佮辯士〉中，辯士里見先與阿蘭之間若有似無的曖昧戀情，我們看到男

女雙方各自的節制，而有完美收場。〈再會，
故鄉的戀夢〉中的阿瑞壓抑了自己的感情，又
勇敢承擔阿坤與Hisu的懷孕事實，黯然離開故
鄉，也展現「成全而不佔有」的情操。這種感
情的款式在六○年代洪一峰的一些都會書寫的
台語流行歌詞還可以看到一點影子，像〈再會
夜都市〉「顧全著你的幸福、自由，我已經決
意囉！我要恬恬來去。再會！心愛的。」（葉
俊麟作詞），在今天這種愛恨交加的情慾世
界，已經很難找到了。

　　為了突顯以上所討論的那些情愛婚姻傳奇
故事與價值，不是憑空虛構的烏托邦，阿仁特
別施展魔法，在小說場景中巧妙鑲入當時傳統
行業，重現五○、六○年代的台灣農村社會。
《拋荒的故事》中的故事與人物之所以會真實
動人、有說服力，是因為阿仁用細膩的寫實功
夫去描寫傳統行業的細節和實際街景。例如：
〈愛的故事〉中阿州的父親腦袋新，標會買一
台鐵牛，給阿州到處去給人家「pháng 田」。
〈濁水反清清水濁〉中，在西螺大橋還沒建

好之前，遇到颱風雨水期，用牛車去拖吊擱淺在溪中的汽車賺外快的行業。〈顧口--的俗辯士〉中更精彩，把當時電影院的經營編制跟放映行業裏裏外外的細節描寫得很詳細。

〈再會，故鄉的戀夢〉中描寫Hisu那對原住民母女在田裏邊工作邊唱歌的畫面。〈來惜--仔佮罔市--仔的婚姻〉中描寫傳統布莊的買賣現場，〈發姆--仔對看的故事〉中詳細描寫「膨紗（毛線）店」現場跟媒人安排「對看（相親）」的細節。

五、成為正典的條件

「文化」一詞的涵義其實很簡單，就是一群人在一個特定的空間，共同生活一段時間，所形成的一種生活款式，包括食、衣、住、行、育、樂各個生活層面，有實體的與抽象的，有物質的與精神的，當然包含價值觀與思考模式。台灣這個移墾社會經過歷史的作用，原本應該也會形成自己獨特的文化，而取得所

有住民的認同，並引以爲傲。只可惜，因爲
被殖民太久，又有中國文化做主流取代一切，
台灣人很少有文化自覺。《抛荒的故事》不僅
是一部精彩好看的小說，更重要的是她記錄了
台灣人的生活面貌、文化價值，也保存了台灣
人的母語心聲；的確值得每個世代的台灣人閱
讀，當做文化覺醒的讀本。

文學作品能夠在不同世代被人接受、閱
讀，並產生新的意義，就是「經典」。《抛荒
的故事》於2000年第一版問世，相隔十二年再
以革命性的新面貌重新出版，在某種程度上
說，已經具備了「經典」的條件。

美國著名的文學教授兼批評家哈洛‧卜倫
（Harold Bloom）於1994年出版《西方正典》
（The Western Canon）一書，1998年台灣出版
中譯本。也就在那隔年（1999），聯合報舉辦
「台灣文學經典研討會」，並選出「台灣文
學經典作品」三十種，如黃春明的《鑼》、
賴聲川的《那一夜，我們說相聲》，引起台
灣文學界一陣討論，爆發了所謂「台灣文學經

典論戰」。再隔年，台灣社會也經歷過一次政治變局。十三年過去了，再回頭檢視當時的論戰，發現台灣的主流文學界，不管在創作上或是文論上，都看不到有什麼進步，不僅與台灣文學傳統脫節，無法反映時代的面貌，當然談不上有經典傳世。還好，台語文學這一支伏流（不是支流）在邊緣戰鬥，還有一些令人驚喜的成績。如果套用哈洛・卜倫的標準，也就是「能為一部文學作品贏得正典地位的原創性指標」——具有疏異性（strangeness），還要超越「影響的焦慮」（the anxiety of influence），陳明仁的《拋荒的故事》將台灣人的某些文化元素、生活款式透過文學轉化，形成傳統，已經具備成為「台灣正典」的條件。

承襲世界經典
開創台語文學未來

何信翰

台灣羅馬字協會 理事長
中山醫學大學台灣語文學系 系主任

　　明仁兄的台語文學大作《拋荒的故事》總共出版六輯，這本是其中的第二輯。在本輯中收錄了六篇愛情故事：〈愛的故事〉、〈濁水反清清水濁〉、〈顧口--的佮辯士〉、〈再會，故鄉的戀夢〉、〈來惜--仔佮罔市--仔的婚姻〉、〈發姆--仔對看的故事〉。

　　在這之前，在去（2012）年十月的時候，第一輯就已經在市場上頗受好評。也有廖瑞銘教授和施俊州博士分別為其寫的序（與其說是序，不如說是導讀更為恰當）和跋（同樣的，與其說是跋，不如說是文體分析更加適合），分別對《拋荒的故事》的作者生平、內容背景

以及這本作品的文體做了詳細的論述。因此，在這篇導讀中，我們將由《拋荒的故事》的「創作手法」以及「和世界文壇的連結」兩個方向切入，呈現給讀者另一個欣賞這部台語文學大作的角度。

浪漫主義的說故事手法

在《拋荒的故事》第一輯中，我們看到了六篇精彩的小故事：〈地理囝仔先〉、〈大崙的阿太佮砂礐〉、〈新婦仔變尪姨〉、〈改運的故事〉、〈指甲花〉、〈牽尪姨〉。眼尖的讀者或許也能發現，第一輯這六篇故事的內容，大多是 "主角自身的故事"（〈地理囝仔先〉、〈大崙的阿太佮砂礐〉）或 "主角自己親身接觸的人的故事"（〈新婦仔變尪姨〉、〈改運的故事〉、〈指甲花〉、〈牽尪姨〉）。

也因為第一輯收錄的故事都是這兩類，所以讀者／作者都可以很容易的將這些小故事串

連起來——第一類的故事當然不用說，所有的角色都是主角身邊的人；至於第二類，〈新婦仔變尪姨〉的主角缺仔去「牽」〈指甲花〉裡的主角，以替人畫指甲為業的阿tsiáng來做「尪姨」…。這些種種的安排，使得讀者在感受上有種「整體感」，也就是「所有的小故事其實都是同一個大故事的部份」的感覺。

事實上，同一篇／本／部文學作品是否能夠表現出「我是一個整體」，是相當重要的。在詩來說，為了要顯示它是一個整體（詩是分行寫的，每行並未寫到底），詩會用押韻或對仗、排比等手法來「連結」行與行、段與段。在小說或故事中，為了呈現"不是僅僅把散篇、毫無關係的散文／故事／短篇小說放在同一本書中"，而是表現出「同一本書」應有的整體感，這類作品通常也會做一些特別的安排。

在第二輯中，同樣也收錄了六篇故事：〈愛的故事〉、〈濁水反清清水濁〉、〈顧口--的佮辯士〉、〈再會，故鄉的戀夢〉、〈來

惜--仔佮罔市--仔的婚姻〉、〈發姆--仔對看的
故事〉。但若仔細觀察,讀者會發現這六個故
事的「來源」和第一輯中的六個故事有些不大
一樣:在第二集中所收錄的故事中,各個故事
的角色並未像第一輯的故事裡的阿tsiáng、缺
仔等人那樣,互相之間有關連。這樣子的話,
第二輯的這六篇故事是否就顯得比較鬆散?是
否不像一個整體?

　　答案明顯是否定的。第二輯中的各個故事
也使用了一些巧妙的手法讓這六篇故事連結起
來。而這些手法正是世界文學經典——尤其是
歐洲浪漫主義的作品中常使用的手法。

　　在俄羅斯作曲家穆索斯基的作品〈展覽會
之畫〉中,各個樂章的主要內容分別是述說作
曲家過世的朋友所畫的不同圖畫。但各樂章透
過代表「腳步聲」的動機連結在一起——整首
曲子聽起來就是一個人在展覽會中隨意漫步,
看到一幅幅不同的圖畫所產生的感覺。同樣
的,音樂家林姆斯基・高沙可夫的名作〈雪赫
拉沙德〉(又譯:天方夜譚)也是用「女主角

說故事的聲音」來串起不同的樂章。

像這樣以一個「腳步聲」或「說故事者的聲音」來串連整部作品的，並非音樂家的專利。其實在浪漫主義的文學作品中，這是非常常見的手法——這點，從許多歐洲經典浪漫主義作品的名稱當中，就可以獲得證明：號稱俄羅斯詩歌的太陽的浪漫主義大師普希金（Александр Сергеевич Пушкин），就曾將他的五篇故事作品〈射擊〉、〈暴風雪〉、〈棺材傷人〉、〈驛站長〉以及〈小姐——鄉下姑娘〉假托是一個叫做伊凡・彼得洛維奇・別爾金的人所說的故事，並將之合成一本《別爾金故事集》出版。果戈里（Николай Васильевич Гоголь）著名的作品《狄坎卡近鄉夜話》的副標題也是：「看蜂人潘科故事集」，假托看蜂人潘科來說出這些故事。將俄羅斯浪漫主義推上高峰的詩人萊蒙托夫（Михаил Юрьевич Лермонтов）最有名的作品《當代英雄》，雖然不像前兩部作品那樣，在

標題上就點出說故事的人，但觀其內容，也是假借一個叫馬克希姆‧馬克西維奇的老軍官來說出有關劇情的主角「別巧林」的生活點滴。在這些故事中的「說故事的人」，就像是〈展覽會之畫〉裡面的腳步聲或是〈雪赫拉沙德〉的女主角一樣，串連每一篇看起來沒有甚麼關連的故事，使它們連結成一個整體。

　　到了廿世紀初（上述三位大師都是十九世紀初的俄羅斯浪漫主義作家），當時新崛起的俄羅斯作家高爾基（Максим Горький）在其號稱「新浪漫主義／革命浪漫主義」的系列作品中，也採用了這樣的手法——其中最有名的一部名為《伊則吉爾老婆子》，在作品中高爾基採用了同樣的手法，讓伊則吉爾老婆子來說故事——只不過這次，老婆子自己的故事也占了總篇幅的三分之一。

　　浪漫主義所以流行採用這種「說故事者」的手法，主要是因為出版型式的關係——當時大多數的作品都是在文學雜誌上連載，最後才

集結成冊，甚至有許多作品連載完之後，一直
到作家過世都未曾以整部作品的形態面世。
而既然是連載，自然會變成每集一個小故事
的寫法。但要讓不同的小故事能連結在一起
作為一個整體，除了主題、場景、背景時間
相同之外，有個「說故事的人」一來也同樣
能連結整部作品，二來也能有讓整部作品的
自由度大增的功效（有了說故事的人連結作
品，就不一定要再侷限於相同的主題／場景／
時間了！）

　　明仁兄的這部《拋荒的故事》，一開始是
連載於《台文 BONG 報》，同樣也是以連載
的形式登場，加上明仁兄本身對俄羅斯文學的
深厚根底，使用「說故事的人」這種手法自是
順理成章，不在話下。

　　其實，除了出版型式之外，另一個雖不那
麼重要，但也很有趣，會造成作家選用這種有
「說故事的人」的手法的原因，是凡採取了這
種手法的作品，都會有「故事裡還有故事」和
「形式上的主角和劇情上的主角不同」這兩種

現象。先說第一種現象：在閱讀故事／散文／
小說的時候，大家都有「故事裡外是兩個不同
的世界」這樣的認知。這也就是結構主義者所
說的，「文學作品是處在自己獨立的封閉世
界」這樣的概念。所以讀者在閱讀／欣賞藝
術作品的時候，是同時處在兩個不同的世界
裡——藝術作品的移情、調濟等作用也是根
源於這個特色。許多電影裡的角色，會說出
「你以為這是在拍電影啊！」或「這種事只
有在電影裡才會發生」這樣的話，就是在玩弄
這兩個世界的界線——讀者知道那是電影裡的
世界，但電影裡的角色卻以為自己的世界是真
實的世界。

　　凡是使用「說故事的人」這種手法的作
品，它會比一般藝術作品還多一層世界，也就
是這裡有三個不同的世界：真實的世界、說故
事的人的世界、說故事的人說的故事的世界。
這就使得作品可以「玩耍」的範圍變大，變化
也變得更豐富。在《拋荒的故事》第二輯中，
就出現了許多這樣的手法，讀者可以慢慢體會

其中的奧妙和樂趣。

　　此外，在一般的藝術作品中，作品的主角通常就是作品當中主要劇情的主角。但因為在使用「說故事的人」這種手法的作品中，主要的劇情通常也是說故事的人所說的故事，而這個故事通常也不會是說故事的人自身的故事（雖然不時也會出現例外），所以「情節的主角」通常不會是「形式上的主角」——因為形式上的主角會是那個以第一人稱口吻「我」出現的人，或是那個主要的敘述者／說故事的人。即使是在那些例外中，主角說的是自己"當年"的故事時，情節的主角也會是"當年的形式上的主角"，而非"現在的形式上的主角"——嚴格來說，這也算是兩個不同的角色，所以即使在這種情況下，形式上的主角和主要情節的主角仍然是不同的人。

　　這樣的同一部作品／兩個不同的主角的安排，對作品會有甚麼樣的影響呢？這樣的手法對作品最主要的影響和好處，是敘說角度的變化——我們都知道，文學作品中的視角可以分

為「第一人稱視角」、「第三人稱視角」、
「全知全能視角（上帝視角）」等三種。簡單
來說，「第一人稱視角」是指作品以主角的角
度進行敘述，凡是主角看得到／聽得到的事
物，讀者也都同樣能夠接觸；反之，主角看不
到／聽不到的部分，讀者同樣無法與聞。「第
三人稱視角」和「全知全能視角」的作品，
則是以旁觀者的角度進行敘述，差別在於「第
三人稱視角」無法對人物的內心想法進行直接
的描述，只能透過對外在行為的敘述來表現內
心；但「全知全能視角」就沒有這樣的限制。
這三種視角各有巧妙之處，在實際運用上也各
有其優勢。但簡單來說，後兩種敘述法的優點
是它的論述角度寬廣，較容易鋪陳出全局；而
第一人稱視角的最大優點是它的代入感較強。

使用「說故事的人」這種手法的作品的一
個很大的優勢，是第一人稱和第三人稱／全知
全能視角的轉換。它可以在一開始的時候，使
用「特殊的第一人稱視角」——也就是表面上
是第二人稱（讀者是在「聽故事」），但實際

上劇情仍然是透過說故事的人的眼睛／耳朵／回憶（第一人稱）在進行。這樣能夠充分吸引讀者的注意，也讓讀者更容易代入故事中的視界。但當主線故事開始進行，視角馬上轉為「全知全能」，使得故事容易鋪陳，也使讀者能有更廣闊的視野。

在《拋荒的故事》第二輯中，這個形式上的主角通常是「我」，透過「我」來說一些地理／歷史常識，或說說家人／朋友。這會給讀者「有人在對我說話」的效果，進而吸引讀者的注意。然後，隨著情節的推進，真正的男女主角，也就是愛情故事的男女雙方開始出現，隨之視角也跟著轉換，讓故事順利進行。這也是作者採用這種手法高竿的原因。

寫實主義的土地關懷

雖然在技法上，阿仁使用了浪漫主義常用的手法，但在內容方面，《拋荒的故事》第二輯所表現出來的，卻是不折不扣的寫實主義色

彩——或許有讀者會認為，寫實主義不是應該
要描繪「上層階級的腐敗」或「底層人民的艱
苦生活／被欺負的狀況」，藉此來引起社會大
眾對弱勢的關心和對上層的不滿嗎？

　　其實，上述的描寫雖然確實是寫實主義
作品的重要題材，但並非全部——以俄羅斯
寫實主義文學來說，在出版後引起文學界廣
大的迴響，讓後人評價為「自然主義學派」
濫觴的，正是一本名為《聖彼得堡生理學》
（физиология петербургa）的散
文集。這本書共有二個部份，十二篇不同的小
品，分別敘述當時俄羅斯的首都聖彼得堡一般
人生活的不同面貌：從管理員、流浪樂師、官
員等聖彼得堡居民的一天，到聖彼得堡公共馬
車、劇院、樂透彩、以及各個小角落的描繪，
「以作家的眼睛」將聖彼得堡的生活情況和在
那裏生活的居民的狀況活生生的呈現在讀者面
前。在後人的評價中，這本《聖彼得堡生理
學》一方面描繪出了當時俄羅斯的首都人士生
活的情形，寫出這些人的病態及弱點，另一方

面因為有「文學筆法的修飾」，讓這些描繪不會顯得單調，反而容易引起社會大眾的興趣，一改俄羅斯十九世紀初文學作品「場景不詳，時間不詳，背景靠想像」的情形，開始和俄羅斯土地作密切的結合。

《拋荒的故事》在本質上和《聖彼得堡生理學》有極大的相似之處：兩者都從各種角度出發，描繪在某個特定時空背景下，一個都市的人民生活。兩者也都同樣用了文學的方法，讓這些描繪看起來不那麼僵硬，讀起來不那麼單調乏味。所不同的，一是《聖彼得堡生理學》是許多作者的合輯，而《拋荒的故事》的作者卻是單一；二是《拋荒的故事》在一開始的設定和後來的故事呈現上，文學性的重要性都比寫實性要來得高；而屬於「自然主義學派」代表性作品之一的《聖彼得堡生理學》，則以寫實性為最高指導原則，文學性僅僅是輔助而已。

關於明仁兄作品中的寫實主義色彩以及裡面所描繪的各種台灣人的形象，大部分的評論

者都有詳細的論述，即使不去看那些評論，在第一輯中，廖瑞銘教授的序言也有精闢的剖析。綜合來說，《拋荒的故事》融合了歐洲兩個重要的文學經典傳統——浪漫主義和寫實主義——將台語文學和世界經典的傳統結合在一起。讓台語文學融入世界文學的大河中。

不過，這本《拋荒的故事》第二輯的精彩之處還不僅於此，在下一個部份將針對另一個很有特色的地方做論述。

多元的呈現和圓融的哲學觀

《拋荒的故事》第二輯收錄的六篇愛情故事，內容非常的精采多元：以「參與愛情」的人數來看，有單純二人關係的，有三角關係的，還有四人的複雜關係；有未婚人物的感情，也有已婚人物的感情；在三角關係中，有「小三篡位」的故事，也有遭受壓力終究無法成功的故事；在二人關係中，同樣遭遇家人阻礙，但有終究成功的，也有最後失敗而殉

情的；在子女方面，有未婚懷孕終究不得善了
的，但也有未婚懷孕卻得了好結果的…。這樣
多元的呈現，在一般的愛情故事／小說中是很
罕見的。一般的小說裡面的愛情觀多半有個主
軸（表現出作者本身的愛情觀？），要嘛站在
元配（原男／女友）這邊，指責第三者；要嘛
站在第三者這邊，哀嘆命運，訴說悽苦；對未
婚懷孕的態度多半也是責備為多。在這種情形
之下，若是必須／很想要安排大團圓的結局，
可是男女主角之一又是已婚狀態，可能就得要
來個「來世再相逢」的結局…。但是愛情故事
在這本《拋荒的故事》裡面所呈現出來的，卻
是多元的樣貌，有「因家境懸殊不得結合，最
後自殺」的傳統悲劇情節，卻也有「有錢又有
正義感的少女大亂搞」的喜劇故事。這樣子的
呈現，在相當程度上自然是寫實主義傳統的影
響（按照一般文學理論家簡單的比喻，若說在
浪漫主義者認為，森林中並非每棵樹都美，藝
術家要選美的樹來描繪；那麼寫實主義者就會
認為樹林中所有的樹都值得描繪，各有各的

美），但實際上卻又超越了寫實主義──若是
大量閱讀寫實主義的作品，其實大部份寫實主
義者雖說以描寫社會的各個面向，但其實這些
寫實主義者都還是以固定的思維方式去描寫：
有錢人＝刻薄／奸詐／剝削；窮人＝可憐／悲
慘／值得同情…等。像《拋荒的故事》這樣，
能夠呈現多元面貌又不做評價的，可說是少之
又少。這也顯示出了作者陳明仁先生的開闊心
胸和思想的深度──在台灣這塊土地上，愛情
故事就只能有一種模式？第三者就一定不會／
會成功？未婚懷孕就是罪惡？如果陷入了這些
所謂的「道學」思考，作品很容易就會有因為
要符合「中心思想」而扭曲人物行為的情形發
生。俄羅斯的名作家，上面提到過的普希金在
自己的大作《尤金・奧涅金》中，就曾經為自
己的女主角感到驚訝：「她居然嫁人了」；又
曾在寫給朋友的信中說，「我也很想要這個
故事有幸福快樂的結局，但這不是我能決定
的」。為何作者會對自己作品中的人物感到驚
訝？為何作者無法決定結局？普希金後來解

釋，說一旦作品的人物設定完成，這些角色就會按照自身和彼此的性格進行互動，產生許多必然的行為。但若作者為了自身的理念強行干預，這些舉動就會顯得不自然、破壞文學作品本身的完整性（就像許多電影／連續劇中的壞人，忽然就良心發現，變成好人一樣）。

既然台灣這塊土地上有各式各樣的家庭，也有種種不同個性的人，愛情故事當然也會有不同的過程和結果。若是沒有像《拋荒的故事》這樣多元的呈現，反而顯現不出真實的面貌了！

另外，忠實呈現多元的愛情故事但卻又不批判，不泛道德這樣的呈現方式，其實也有深刻的哲學觀念在裡面：許多人往往用「不要臉」或「不道德」來批評另外的人。關於這點，聖經早在〈創世紀〉中有評價：上帝來找亞當和夏娃。但因為他們吃了智慧果之後，開始覺得赤身裸體是一種羞恥的事，就躲起來不敢見上帝，從而讓上帝知道他們吃了禁果──因為「知道羞恥」，所以兩人就無法繼續住

在伊甸園裡面。這裡面其實暗喻著若是有太多
的自我設限、太多的泛道德包袱，人就無法過
全然幸福的生活。這也和「智慧果」的隱喻互
相呼應──吃了智慧果就能「分辨善惡」，而
一旦人開始學會「分辨善惡」，就會被趕出天
堂……。法國的哲學家沙特曾說：「他人是地
獄」，意思是說他人／社會往往會要求我們照
某些他們認為是對的（道德的）方法／規範去
生活；同樣的，我們也會要求他人照我們認為
合理的方向去走，從而造成彼此生活的壓力和
衝突。佛教有幾個出名的比喻，例如說「太陽
難道會因為一個人做了社會認為的『不道德』
的事，就不去照他嗎」？「樹上的果實，難道
又只會給『道德』的人採嗎」？…等等。這些
智慧的探討，無論是基督教或佛教；無論亞洲
或歐洲，都得到同樣的結論──不要以自身的
道德觀去要求他人，不要要求別人「用你的
眼睛看世界」。這本《拋荒的故事》第二輯裡
面，正體現出這樣的精神──忠實呈現多元面
貌，不因對書中角色行為泛道德的評價而刻意

塑造某種結局。這正是這部作品最精彩、最值
得看的部份。

序言的結束，文本的開始

　　任何的理論，任何的詮釋，都只能是輔
助，都無法完全解釋一個作品所有的面向。每
個作品都有其獨特的生命，要了解一部文學作
品最好的方法，就是直接去閱讀這部作品。在
閱讀的過程中，作品會用自己這獨特的生命，
和讀者過往的人生、閱讀經驗對話，從而使讀
者吸收到其中某部份的訊息。尤其是像《拋荒
的故事》這樣精彩的作品，一定能使讀者在閱
讀的過程當中，得到許多生命的充實。

發姆--仔對看¹的故事

　　學生共²我講一个³趣味的代誌⁴，伊⁵欲⁶佮⁷
人訂婚，專工⁸轉去⁹庄跤¹⁰共 in¹¹阿媽報告。阿
媽問伊講：

　　「啊恁¹²當時¹³欲對看？」

1　對看: tuì-khuànn, 相親。
2　共: kā, 跟、向；給；幫；把、將。
3　个: ê, 個。
4　代誌: tāi-tsì, 事情。
5　伊: i, 她、他、牠、它, 第三人稱單數代名詞。
6　欲: beh, 將要、快要；要、想, 表示意願。
7　佮: kap, 和、與。
8　專工: tsuan-kang, 特地、專程。
9　轉去: tńg-khì, 回去。
10　庄跤: tsng-kha, 鄉下。
11　in : 第三人稱所有格, 他的；他們。
12　恁: lín, 你們；你的, 單數第二人稱所有格。
13　當時: tang-sî, 何時、什麼時候。

「阿媽！這陣[14]無人咧[15]對看--矣[16]-啦！」

「哪會[17]按呢[18]？這馬[19]的查某人[20]毋[21]就比阮[22]古早[23]較慘！人阮古早猶閣[24]有通[25]對看---下，通知影[26]欲嫁--的是生做[27]圓抑[28]扁，恁連對看都無，真僥倖[29]--喔！」

聽著[30]這个古錐[31]的阿媽講--的，我想起另

---

[14] 這陣: tsit-tsūn, 這時候。

[15] 咧: teh, 在。

[16] -- 矣: --ah, 語尾助詞, 表示動作完成。

[17] 哪會: nah ē, 怎麼會。

[18] 按呢: án-ne、án-ni, 這樣、如此。

[19] 這馬: tsit-má, 現在。

[20] 查某人: tsa-bóo-lâng, 女人。

[21] 毋: m̄, 不, 表示否定。

[22] 阮: guán, 我們, 不包括聽話者; 第一人稱所有格。

[23] 古早: kóo-tsá, 從前、昔日、從前。

[24] 猶閣: iáu-koh, 還、依然、仍舊。

[25] 通: thang, 可以。

[26] 知影: tsai-iánn, 知道。

[27] 生做: senn-tsò、sinn-tsuè, 長得。

[28] 抑: iah, 或是、還是。

[29] 僥倖: hiau-hīng, 可憐、惋惜、遺憾。

[30] 聽著: thiann-tiȯh, 聽到。

[31] 古錐: kóo-tsui, 可愛。

外一个朋友 in 老母，發姆--仔，捌[32]共我講伊
查某囡仔時代[33]佮人對看的故事。

　　發姆--仔 in 兜[34]是佇[35]街--裡[36]咧開膨紗[37]
店，專賣刺[38]膨紗衫的線料，發姆--仔做查某
囡仔[39]的名是「青紗」，就是青的膨紗的意
思；青紗 in 老爸是眞 kóo-pih[40] 的生理人[41]，三
个查某囝[42]，大漢--的[43]號名「紅線」，彼陣[44]
有廣東戲配廈門話咧搬[45]，戲的名就是「紅線

---

[32] 捌：bat，曾。
[33] 查某囡仔時代：tsa-bóo gín-á sî-tāi，少女時期。
[34] 兜：tau，家。
[35] 佇：tī，在。
[36] 街 -- 裡：ke--lí、ke--nih，街上。
[37] 膨紗：phòng-se，毛線。
[38] 刺：tshiah，編織、縫製。
[39] 做查某囡仔：tsò tsa-bóo gín-á，少女時期。
[40] kóo-pih：有點固執，但非負面用語。
[41] 生理人：sing-lí-lâng，商人、生意人。
[42] 查某囝：tsa-bóo-kiánn，女兒。
[43] 大漢 -- 的：tuā-hàn--ê，年長的。
[44] 彼陣：hit-tsūn，那時候。
[45] 搬：puann，放映、演出。

女」, 伊看戲了轉--去, 就共拄[46]生的查某团號[47]佮主角全款[48]的名。第二--的是紫綿, 青紗排上尾[49]--的。大姊紅線欲做--人[50]的時, 煞[51]無人牽紅線, 佮店內的數櫃[52]兼店員戀愛, 老爸想講家己[53]也無後生[54]通接, 就共紅線招翁[55], 店員疊 in 的姓變頭家[56]。紫綿佇客運的 bá-suh[57]做車掌, 拄好[58]有一个國校仔的先生[59]逐工[60]通

---

[46]　拄: tú, 剛、方才。
[47]　號: hō, 取名。
[48]　全款: kāng-khuán, 一樣。
[49]　上尾: siōng bué, 最後。
[50]　做 -- 人: tsò--lâng, 許配給人。
[51]　煞: suah, 竟然。
[52]　數櫃: siàu-kuī, 掌櫃、帳房。
[53]　家己: ka-kī、ka-tī, 自己。
[54]　後生: hāu-senn, 兒子。
[55]　招翁: tsio-ang, 招贅、招女婿。
[56]　頭家: thâu-ke, 老闆。
[57]　bá-suh: 巴士、客運、公車。
[58]　拄好: tú-hó, 剛好、湊巧。
[59]　先生: sian-sinn, 教師、老師。
[60]　逐工: ta̍k kang, 每天。

勤攏[61]專工坐伊這班，就去結--著-矣。

厝邊兜[62]笑講：「膨紗店彼[63]个添丁--仔，上蓋[64]好心，家己無添甲半个丁，干焦[65]操煩人無某[66]，專咧替人攢[67]新婦[68]。」閣[69]講：「好心有好蔭，in查某囡攏免了[70]甲[71]一仙[72]媒人錢，家己共翁[73]揣[74]好好！」

這款話半剾洗[75]，添丁伯--仔袂堪--

---

[61] 攏：lóng，都。

[62] 厝邊兜：tshù-pinn-tau，鄰居。

[63] 彼：hit，那。

[64] 上蓋：siōng-kài，最、非常。

[65] 干焦：kan-tann，只有、僅僅。

[66] 某：bóo，妻子、太太、老婆。

[67] 攢：tshuân，準備。

[68] 新婦：sin-pū，媳婦。

[69] 閣：koh，又。

[70] 了：liáu，耗費。

[71] 甲：kah，用在動詞或形容詞與副詞間，表示所達到的結果或程度。

[72] 一仙：tsit sián，一分錢。仙：錢的單位。

[73] 翁：ang，夫婿、丈夫。

[74] 揣：tshuē，找、尋找。

[75] 剾洗：khau-sé，諷刺、奚落。

得[76]，青紗管甲眞絚[77]，驚[78]伊外口[79]拋拋走[80]閣
予[81]人估--去[82]，定著[83]愛[84]青紗照步來[85]，莫[86]
閣予厝邊兜偷笑，卸世卸眾[87]。青紗本底[88]就
是閉思[89]的查某囡仔[90]，愛覕[91]佇房間用雜花怪
色的紗仔線刺伊少女的眠夢[92]。In 阿爸共伊買
眞濟[93]日本的 bú-khuh[94]，攏是刺膨紗衫的好樣

---

[76] 袂堪 -- 得：bē-kham--tit，禁不起、忍不住、禁不住。
[77] 絚：ân，緊。
[78] 驚：kiann，怕、害怕。
[79] 外口：guā-kháu，外面。
[80] 拋拋走：pha-pha-tsáu，到處跑、東奔西跑。
[81] 予：hōo，被；讓；給予。
[82] 估 -- 去：kóo--khì 社會話，原意是放鴿子時，單隻被別的成群者誘去。
[83] 定著：tiānn-tio̍h，必定、一定、肯定。
[84] 愛：ài，要、必須。
[85] 照步來：tsiàu-pōo-lâi，照規矩、按部就班。
[86] 莫：mài，勿、別、不要。
[87] 卸世卸眾：sià-sí-sià-tsìng，丟人現眼。
[88] 本底：pún-té，本來、原本。
[89] 閉思：pì-sù，內向、靦腆、害羞。
[90] 查某囡仔：tsa-bóo gín-á，女孩子。
[91] 覕：bih，躲藏、隱藏、藏匿。
[92] 眠夢：bîn-bāng，做夢。

相[95]。伊會曉[96]佇膨紗衫頂刺象、刺古城堡厝、刺火車，有時吊佇店--裡做見本[97]，誕[98]人客[99]買膨紗線。親像[100]這款[101]興[102]手藝的青紗，生本[103]就無愛出門，欲哪會家己去佮人戀愛？

到青紗二一歲，佇彼个時代，這是到熟的年歲，知影青紗無佮人咧行[104]，就有媒人婆--仔來咧行踏[105]，頭一个[106]是報開百貨行的頭

93　眞濟：tsin tsē，很多。

94　bú-khuh：英語 book，日語發音，此指裁縫等用的有圖可參考的書。

95　樣相：iūnn-siùnn，樣式、體裁、樣子。

96　會曉：ē-hiáu，知道、懂得。

97　見本：kiàn-pún，樣品、樣本。日文漢字。

98　誕：siânn，引誘、招引。

99　人客：lâng-kheh，客人。

100　親像：tshin-tshiūnn，像是、好像、好比。

101　這款：tsit-khuán，這種。

102　興：hìng，喜好、喜歡、嗜好、愛好。

103　生本：senn-pún、sinn-pún，本來、原本。

104　行：kiânn，走，此指交往。

105　行踏：kiânn-táh，走動、來往。

106　頭一个：thâu tsit ê，第一個。

家仔囝，人生做眞軟汫[107]，閣是厝--裡[108]的孤囝[109]，想欲娶一个跤手猛 liáh[110]，勥跤[111]的某，後擺[112]會當[113]扞[114]彼間店，青紗毋是[115]彼款[116]跤數[117]，雙方面攏袂合軀[118]，連對看都無，就準拄好[119]，無輸贏。

　　台灣傳統的媒人婆--仔有一个職業癖，若有人央[120]--伊，這个媒人禮無趁甲著[121]的確毋

---

[107] 軟汫：nńg-tsiánn，不很堅強、脆弱、軟弱。
[108] 厝 -- 裡：tshù--lí、tshù--nih，家裡。
[109] 孤囝：koo-kiánn，獨子、獨生子。
[110] 猛 liáh：mé-liáh，敏捷、敏銳。
[111] 勥跤：khiàng-kha，形容女性能幹、精明、厲害。
[112] 後擺：āu-pái，以後。
[113] 會當：ē-tàng，可以。
[114] 扞：huānn，掌理、掌管。
[115] 毋是：m̄ sī，不是。
[116] 彼款：hit-khuán，那種。
[117] 跤數：kha-siàu，角色、傢伙，有輕蔑、看不起、藐視的意味存在。
[118] 合軀：háh-su，合身、稱身。
[119] 準拄好：tsún-tú-hó，算了。
[120] 央：iang，請託、囑託。
[121] 趁甲著：thàn kah tiȯh，賺到手。

情願放手，這個無佮意[122]就換揣別个，這款
精神是現代做服務業--的應該愛好禮仔[123]學--
的。頭个做無成，隨就閣來報第二个，是市仔
內豬肉砧[124]的後生，人生做大箍把[125]，看--起-
來橫霸霸[126]的款[127]，連添丁--仔都驚。閣來，
講是公務人員，煞是一个警察大人，添丁--仔
自來[128]就講做警察是危險工課[129]，這途--的佮
運轉手[130]伊攏無愛。講是欲予青紗家己看、
家己揀[131]，到尾[132]攏是老爸的意見較濟過貓仔
毛。就按呢，媒人婆--仔講過五、六个，連對

---

[122] 佮意：kah-ì，中意、喜歡、滿意。
[123] 好禮仔：hó-lé-á，小心翼翼的。
[124] 豬肉砧：ti-bah-tiam，豬肉攤。
[125] 大箍把：tuā-khoo-pé，大塊頭、大個子。
[126] 橫霸霸：huâinn-pà-pà，蠻橫、凶巴巴、惡形惡狀。
[127] 款：khuán，樣子。
[128] 自來：tsū-lâi，從來。
[129] 工課：khang-khuè，工作。功課的白話音。
[130] 運轉手：ūn-tsuán-tshiú，駕駛員，司機。
[131] 揀：kíng，選擇。
[132] 到尾：kàu bué，到最後。

看都無，就去予添丁 khan-jióo[133]--起-來。

　　這个媒人婆--仔眞毋信聖[134]，閣來報，講
這个穩[135]妥當，是佇公所食頭路[136]--的。約佇
街--裡上有派頭的三八六食堂；彼陣食堂攏是
用電話番喇號名--的。添丁 in 翁仔某[137]、紫
綿 in 翁仔某佮紅線，欲去佮人對看的青紗當
然袂使[138]無去，干焦紅線 in 翁留咧顧店。查
埔[139]--的彼爿[140]有五个來，和媒人婆--仔在內，
拄好鬥[141]一打，坐一塊大桌圓圓。青紗查某囡
仔人驚歹勢[142]，自頭到尾攏頭殼犁犁[143]，干焦
聽媒人紹介雙方，青紗知影另外彼四个是查

---

[133] khan-jióo：結束、解決。
[134] 毋信聖：m̄ sìn-siànn，不信邪。
[135] 穩：ún，一定。
[136] 食頭路：tsiàh thâu-lōo，上班、就業。
[137] 翁仔某：ang-á-bóo，夫妻。
[138] 袂使：bē-sái，不可、不行、不能。
[139] 查埔：tsa-poo，男性。
[140] 彼爿：hit-pîng，那邊。
[141] 鬥：tàu，湊合、拼湊。
[142] 歹勢：pháinn-sè，不好意思。
[143] 頭殼犁犁：thâu-khak lê-lê，頭低低的。

埔囡仔[144]的爸母佮阿叔阿姊。兩爿序大人[145]互相請安佮問話，了解一寡[146]背景資料。聽查埔囡仔咧應話，聲斯文閣講話明瞭，青紗印象袂 bái[147]，想欲看對方啥款[148]生張[149]，閣毋敢攑頭[150]。媒人婆--仔叫青紗講：

「我知影你查某囡仔人驚歹勢，毋過[151]今仔日是欲予恁兩个對看--的，你嘛[152]著[153]斟酌[154]看--一-下，這時袂使閣驚見笑[155]，無，嘛著予人相[156]--一-下！」

---

[144] 查埔囡仔：tsa-poo gín-á，男孩子。

[145] 序大人：sī-tuā-lâng，父母、雙親、長輩。

[146] 寡：kuá，一些、若干。

[147] 袂 bái：bē bái，不錯。

[148] 啥款：siánn-khuán，如何、怎樣。

[149] 生張：senn-tiunn、sinn-tiunn，長相。

[150] 攑頭：giáh-thâu，抬頭、翹首。

[151] 毋過：m̄-koh，不過、但是。

[152] 嘛：mā，也。

[153] 著：tióh，得、要、必須。

[154] 斟酌：tsim-tsiok，仔細、注意、小心。

[155] 驚見笑：kiann kiàn-siàu，怕羞、害臊、害羞。

[156] 相：siòng，打量、盯視。

　　青紗這時才寬寬[157]共頭擔懸[158]，查埔--的
穿一領 uai-siah-tsuh[159]，面[160]生做眞四正[161]，
檢采[162]是坐事務桌--的，罕得[163]曝日[164]，面眞
白。這時對方嘛拄好共目睭[165]照--過-來，青紗
看著對方有寡生份[166]佮毋知欲按怎[167]解說的目
神，媒人婆--仔講：

　　「若男方這爿，逐[168]項攏 thìng 好[169]去
探聽，厝邊兜，有寡較無好--的人攏會知，
青天白日，我媒人喙[170]人講是糊瘰瘰[171]嘛袂

---

[157] 寬寬：khuann-khuann，從容地。

[158] 擔懸：tann kuân，頭抬高。

[159] uai-siah-tsuh：白襯衫。

[160] 面：bīn，臉。

[161] 四正：sù-tsiànn，端正。

[162] 檢采：kiám-tshái，也許、如果、可能、說不定。

[163] 罕得：hán-tit，難得、少有。

[164] 曝日：phak-jit，晒太陽。

[165] 目睭：bak-tsiu，眼睛。

[166] 生份：tshinn-hūn、tshenn-hūn，生疏、陌生。

[167] 按怎：án-tsuánn，怎麼樣。

[168] 逐：tak，每一。

[169] thìng 好：thìng-hó，可以、得以、能夠。

使清彩[172]講、烏白[173]騙。你看，伊食政府的頭路[174]，閣生做遮爾[175]緣投[176]。啊青紗小姐人是生做比花閣較媠[177]，gâu[178]刺膨紗，好女德。兩个有影[179]是天生地設--的，有夠四配[180]！」

　　添丁對這個查埔囡仔表示佮意，問查某囝，頭--仔[181]恬恬[182]，尾--仔[183]才細聲應[184]講：

　　「據在[185]阿爸做主就好！」

---

[170] 喙：tshuì，嘴。

[171] 糊瘰瘰：hôo-luì-luì，說得天花亂墜、誇大不實。

[172] 清彩：tshìn-tshái，隨便、胡亂。

[173] 烏白：oo-pe̍h，亂來、隨便。

[174] 頭路：thâu-lōo，職業、工作。

[175] 遮爾：tsiah-nī，多麼、這麼。

[176] 緣投：ian-tâu，英俊。

[177] 媠：suí，美。

[178] gâu：善於。

[179] 有影：ū-iánn，的確、真的、真有其事。

[180] 四配：sù-phuè，相匹配。

[181] 頭 -- 仔：thâu--á，一開始。

[182] 恬恬：tiām-tiām，安靜、沉默、默默。

[183] 尾 -- 仔：bué--á，最後、後來。

[184] 應：ìn，回答、應答。

[185] 據在：kù-tsāi，任由、任憑。

　　添丁講：「我毋是無理解的老古板，猶是[186]愛你家己甘願才會使[187]，我看，對方定著會佮意--你，會閣來約欲出--去，你閣斟酌--幾-擺[188]-矣，真正有投你的緣才講。」

　　等幾若工[189]，煞無甲一個回音，照講，應該攏會閣進一步要求兩個約出去食茶抑是看影戲[190]，哪會無一个聲說[191]，想講檢采著請媒人婆--仔去探--一下。講人人到，媒人寔[192]入門就喝[193]：

　　「恭喜，對方咧講當時欲予 in 來提親？」

　　添丁--仔疑問講：「敢[194]免閣互相約--一-下？做進一步的了解？」

---

[186] 猶是：iáu sī，還是。

[187] 會使：ē-sái，可以、能夠。

[188] 擺：pái，次，計算次數的單位。

[189] 幾若工：kúi-nā kang，幾天、若干天。

[190] 影戲：iánn-hì，電影的舊稱。

[191] 聲說：siann-sueh，動靜、聲響。

[192] 寔：tshím，剛剛。

[193] 喝：huah，呼喊。

[194] 敢：kám，疑問副詞，提問問句。

「免--啦,人看青紗是隨[195]煞--著[196],講毋免[197]閣考慮。對方你嘛知,門戶正範[198],囡仔[199]有好頭路,一世人[200]有政府通飼,人(lâng)才佮人(jîn)才攏是一品--的,歡喜都咧袂赴[201],敢有啥通嫌?」

添丁本底想欲隨允[202]--伊,閣想--一下,講:「猶是約--一-下,予青紗佮伊閣談看覓[203],互相較知性[204]。」

媒人婆--仔講欲去約,彼下晡[205],拄好一

---

[195] 隨:sûi,立刻、立即。

[196] 煞--著:sannh--tio̍h,迷上、傾倒。

[197] 毋免:m̄-bián,不必、不用、不消、無須、不需要、用不著。

[198] 正範:tsiànn-pān,純正、正規、正牌。

[199] 囡仔:gín-á,小孩子。

[200] 一世人:tsit-sì-lâng,一輩子。

[201] 袂赴:bē-hù,來不及。

[202] 允:ín,應諾、允諾、許諾、應許。

[203] 看覓:khuànn-māi,看看。

[204] 性:sìng,性情。

[205] 下晡:e-poo,下午。

个人客來交關[206]，是佮彼个查埔囡仔仝[207]庄--
的。添丁共探聽，人客先呵咾[208]一睏[209]，才
講：

「雖罔[210]跤[211]有寡無利便[212]，毋過行路[213]
猶好勢[214]好勢--咧[215]。」

添丁這時才知影對方跛跤跛跤，才會彼
工[216]先來佇食堂等，欲離開的時陣[217]干焦起
身，也無送 in 出門。真受氣[218]，叫媒人婆來
罵，講有影是媒人喙糊瘰瘰，連這也欲騙，這

---

[206] 交關: kau-kuan, 光顧、購買、交易。

[207] 仝: kāng, 相同。

[208] 呵咾: o-ló, 讚美。

[209] 一睏: tsit-khùn, 一會兒、一下子。

[210] 雖罔: sui-bóng, 雖然。

[211] 跤: kha, 腳。

[212] 利便: lī-piān, 方便、便利。

[213] 行路: kiânn-lōo, 走路。

[214] 好勢: hó-sè, 方便、順利。

[215] --咧: --leh, 置於句末, 用以加強語氣。

[216] 彼工: hit-kang, 那一天。

[217] 時陣: sî-tsūn, 時候。

[218] 受氣: siūnn-khì, 生氣、動怒、動氣、發怒。

款媒人禮敢趁會過心[219]？

媒人應講：「冤枉--喔，我是佗位[220]共你騙？人範[221]你家己親目睭[222]有看--著，食公所的頭路是現拄現[223]--的，in兜的家世門風是有佗位無好？」

「你無講查埔囝仔跛跤的代誌，按呢毋是騙？」

「我哪會無講？我起頭就先講--矣，跤（kha）無好--的人攏會知，逐項攏 thìng 好共厝邊兜探聽。講甲遐[224]明，閣欲枉屈[225]--我！」

添丁共青紗講對方跤無啥利便，猶是準[226]煞[227]。青紗共阿爸講：

---

[219] 會過心：ē kuè-sim, 心安、過意得去。

[220] 佗位：toh-ūi, 哪裡。

[221] 人範：lâng-pān, 人品、長相、扮相。

[222] 親目睭：tshin-ba̍k-tsiu, 親眼。

[223] 現拄現：hiān-tú-hiān, 明擺著、明明白柏、千眞萬確。

[224] 遐：hiah, 那麼。

[225] 枉屈：óng-khut, 冤枉、冤屈。

[226] 準：tsún, 當成、當做。

[227] 煞：suah, 結束、停止。

「隨在[228]阿爸主意就好。」

添丁--仔感覺這个媒人，喙水[229]實在利，緊早慢[230]會予伊設計--去，liōng-khó[231]換--一-个-仔較在穩[232]，就包一個禮數答謝--伊，無閣[233]予伊侵門踏戶[234]，閣探聽看猶有別个媒人婆--仔--無。

青紗想講按呢袂輸[235]是咧嫌人跛跤--咧，傷過[236]傷--人，就去隔壁鄉的公所假辦代誌，共伊會失禮[237]。青年嘛共青紗會失禮，講無應該瞞--伊，為著跤的關係，幾擺對看攏袂成，這擺毋才[238]規氣[239]無講明，想講某若娶入門，

---

228 隨在：suî-tsāi，聽憑、任由、任憑。

229 喙水：tshuì-suí，口才。

230 緊早慢：kín-tsá-bān，早晚、遲早。

231 liōng-khó：還是、寧可。

232 在穩：tsāi-ún，安穩、穩妥、穩當、篤定。

233 無閣：bô koh，不再。

234 侵門踏戶：tshim mn̂g ta̍h hōo，找上門、登堂入室。

235 袂輸：bē-su，好比、好像。

236 傷過：siunn-kuè，太甚、過甚。

237 會失禮：huē sit-lé，賠禮、道歉、賠罪。

238 毋才：m̄-tsiah，才、所以。

欲反悔就袂赴--矣，人講「生米煮成飯」按呢。

彼个青年就是發--仔，青紗閣去揣伊幾若擺，兩个煞愈講愈投意，雖罔發--仔行路 gió--咧[240] gió--咧，毋過猶好勢好勢，閣講人是咧食頭路--的也毋是作穡[241]--的，哪有啥無利便？

過半年，對方叫鄉長做伴，來到青紗 in 兜講欲求親情[242]，添丁--仔才知影查某囝佮人咧行，無答應也袂使。

添丁共 in 某怨嘆講：

「人講我添丁--仔的查某囝攏是家己戀愛--的，這聲[243]，有影是無影無跡[244]予人講甲對對[245]，我欲按怎見--人？」

---

[239] 規氣：kui-khì，乾脆。

[240] gió--咧：gió--leh，輕微跛行。

[241] 作穡：tsoh-sit，種田。

[242] 親情：tshin-tsiânn，親事。

[243] 這聲：tsit-siann，這下子。

[244] 無影無跡：bô-iánn-bô-tsiah，子虛烏有、無中生有、毫無根據、絕無其事。

[245] 講甲對對：kóng kah tuì-tuì，說中、言中。

　　添丁 in 某應講:「啥物咧家己戀愛?媒人
婆--仔毋是有安排 in 兩个對看--過?」

　　添丁才歡頭喜面[246]共青紗攢嫁妝。這就是
發姆--仔對看的故事。

---

[246]歡頭喜面: huann-thâu-hí-bīn, 眉開眼笑、大喜過望、
笑逐顏開、樂不可支。

愛的故事

影戲[1]有眞濟[2]愛的故事, 無論佗一國[3]攏[4]有這款故事咧[5]流傳, 我有一个[6]台灣庄跤[7]人的愛的故事。

我讀國民學校彼[8]年, 阿州應該是二十七歲, 毋過[9]有三個囡仔[10]--矣, 彼陣[11]的庄跤作

---

[1] 影戲: iánn-hì, 電影的舊稱。
[2] 眞濟: tsin tsē, 很多。
[3] 佗一國: toh tsit kok, 哪一國。
[4] 攏: lóng, 都。
[5] 咧: teh, 在、正在。
[6] 个: ê, 個。
[7] 庄跤: tsng-kha, 鄉下。
[8] 彼: hit, 那。
[9] 毋過: m̄-koh, 不過、但是。
[10] 囡仔: gín-á, 小孩子。
[11] 彼陣: hit-tsūn, 那時候。

穡人[12]攏早嫁娶。阿州 in[13]某[14]叫做蕊--仔,後
頭厝[15]是離阮[16]庄無到[17]三公里的青埔仔。蕊--
仔做新娘的時,我拄[18]出世,阮 i--仔[19]講有抱我
去食桌[20],我家己[21]是袂記得[22]了了[23]--矣[24],新娘
生做[25]啥款[26]形--的嘛[27]攏無印象。In彼遍[28]的婚
禮,聽人講毋是[29]蓋[30]順序[31]。

---

[12] 作穡人:tsoh-sit-lâng,農人。

[13] in:第三人稱所有格,他的;他們。

[14] 某:bóo,妻子、太太、老婆。

[15] 後頭厝:āu-thâu-tshù,娘家。

[16] 阮:guán,我們,不包括聽話者;第一人稱所有格。

[17] 無到:bô kàu,不到。

[18] 拄:tú,剛。

[19] i-- 仔:i--á,平埔族稱呼母親。

[20] 食桌:tsiáh-toh,喝喜酒。

[21] 家己:ka-tī,自己。

[22] 袂記得:bē kì-tit,忘記、遺忘。

[23] 了了:liáu-liáu,光光、完全沒有了。

[24] -- 矣:--ah,語尾助詞,表示動作完成。

[25] 生做:sinn-tsò,長得。

[26] 啥款:siánn-khuán,什麼樣子。

[27] 嘛:mā,也。

[28] 彼遍:hit piàn,那次。

蕊--仔佮 [32]阿州毋是媒人婆--仔做親情[33]--
的, 佇[34]農業欲[35]機械化的時, 啊 in 老爸頭殼[36]
較新, 會曉[37]欲搶時行[38], 標會仔[39]蓄[40]一台鐵牛
仔[41], 予[42]阿州四界[43]去共[44]人紡田[45]。在來[46]攏
是用牛犁田, 一晡[47]犁無兩分地, 這新機器, 免

---

[29] 毋是: m̄ sī, 不是。

[30] 蓋: kài, 十分、非常。

[31] 順序: sūn-sī, 平順、順利。

[32] 佮: kap, 和、與。

[33] 做親情: tsò tshin-tsiânn, 作媒。

[34] 佇: tī, 在。

[35] 欲: beh, 將要、快要; 要、想, 表示意願。

[36] 頭殼: thâu-khak, 頭腦、腦袋。

[37] 會曉: ē-hiáu, 知道、懂得。

[38] 時行: sî-kiânn, 流行、時髦。

[39] 標會仔: pio huē-á, 標會。會仔: 互助會。

[40] 蓄: hak, 添置、購置, 金額較高。

[41] 鐵牛仔: thih-gû-á, 耕耘機。

[42] 予: hōo, 讓; 被; 給予。

[43] 四界: sì-kè, 四處、到處, 「世界」的白話音。

[44] 共: kā, 幫; 跟; 向; 把; 將; 給。

[45] 紡田: pháng tshân, 使用耕耘機犁田。

[46] 在來: tsāi-lâi, 向來。

[47] 一晡: tsit poo, 半天。

飼伊[48] 蔗尾[49] 抑[50] 食糧，毋驚[51] 熱閣[52] 免歇晝[53]，比牛較[54] 勇，工作效率閣懸[55]，有影[56] 是鐵牛。阿州就是予青埔仔人水樹--仔倩[57] 去犁田，中晝，蕊--仔擔[58] 點心來，初見面就煞--著[59]。閣來，阿州便若[60] 閒工，就趨去[61] 欲揣[62] 蕊--仔。

水樹--仔有三個查某囝[63]，大--的葉--仔舊年[64] 嫁去蘆竹塘，屘--裡[65] 賭[66] 十九歲的蕊--仔佮減

---

48 飼伊：tshī i，餵它。

49 蔗尾：tsià-bué，甘蔗葉，一般當做牛的飼料。

50 抑：iah，或是。

51 毋驚：m̄ kiann，不怕。

52 閣：koh，又。

53 歇晝：hioh-tàu，午休。

54 較：khah，更；比較。

55 懸：kuân，高。

56 有影：ū-iánn，的確、眞的、眞有其事。

57 倩：tshiànn，聘僱、僱用。

58 擔：tann，用肩擔物。

59 煞 -- 著：sannh--tiòh，迷上、傾倒。

60 便若：piān-nā，凡是、只要。

61 趨去：tshu-khì，溜去。

62 揣：tshuē，找、尋找。

63 查某囝：tsa-bóo-kiánn，女兒。

一歲的莓(m̂)--仔，講--來，攏嘛到分⁶⁷(婚)--矣，按算一年一个仔一个嫁，連紲⁶⁸三年就款離⁶⁹。厝邊⁷⁰笑講「水樹--仔興⁷¹食大餅⁷²興甲這个形⁷³，逐⁷⁴年嫁查某囝攏有大餅通⁷⁵觅⁷⁶。」就是按呢⁷⁷，阿州來揣蕊--仔，伊也無阻擋，干焦⁷⁸品⁷⁹講愛⁸⁰予小妹莓--仔綴⁸¹，才會使⁸²共蕊--仔 tshuā⁸³

---

64 舊年：kū-nî，去年。

65 厝--裡：tshù--nih，家裡。

66 賰：tshun，剩下。

67 到分：kàu-hun，成熟。

68 連紲：liân-suà，連續、接連不斷。

69 款離：khuán lī，處理好。

70 厝邊：tshù-pinn，鄰居。

71 興：hìng，喜好、喜歡、嗜好、愛好。

72 大餅：tuā-piánn，喜餅、禮餅。

73 形：hîng，樣子、模樣、形狀。

74 逐：ta̍k，每一。

75 通：thang，可以。

76 觅：hīng，送人需回報之禮物。

77 按呢：án-ni、án-ne，這樣、如此。

78 干焦：kan-tann，只有、僅僅。

79 品：phín，約定、議定。

80 愛：ài，要、必須。

出門。

　　戰後差不多十年的庄跤社會, 男女社交的機會真少, 佇青春少年時, 對異性開始有寡[84]好玄[85]佮好感, 略略--仔[86]就互相會意愛[87]--矣。彼時的庄跤人對青年男女的交陪[88], 有的猶[89]是真保守, 嫁娶愛媒人做紹介, kuānn 定[90]了後[91]才肯予對方共查某囡 tshuā 去食茶、看影戲抑是遊賞。也有較開化親像[92]水樹--仔這款, 無反對查某囡佮人自由戀愛, 毋過著愛[93]較大範[94]--

---

[81]　綴: tuè, 跟、隨。

[82]　會使: ē-sái, 可以、能夠。

[83]　tshuā: 帶領、引導; 照顧、養育。

[84]　寡: kuá, 一些、若干。

[85]　好玄: hònn-hiân, 好奇。

[86]　略略 -- 仔: liòh-liòh--á, 稍微、約略、些微。

[87]　意愛: ì-ài, 喜愛、愛慕、愛戀。

[88]　交陪: kau-puê, 交往、交際、打交道。

[89]　猶: iáu, 還。

[90]　kuānn 定: kuānn-tiānn, 訂親。

[91]　了後: liáu-āu, 之後。

[92]　親像: tshin-tshiūnn, 好像、好比。

[93]　著愛: tiòh-ài, 得要。

咧[95]，男方來厝--裡拜訪，介紹家己的家庭身世，蹛[96]佇佗位[97]？啥[98]人的後生[99]？這時咧做啥物[100]工課[101]？有帶身命[102]--無？逐个問題攏問斟酌[103]，若印象袂 bái[104]，查某囝閣肯，才欲予伊 tshuā--出-去。親像這款一半保守一半開化的庄跤所在，查某囝予人 tshuā--出-去嘛真危險，毋是驚對方共查某囝濫糝[105]來，是驚講萬不一這層姻緣無成[106]，日後別人尻川後[107]

---

94 大範：tuā-pān，大方、自然，不受拘束。

95 -- 咧：--leh，置於句末，用以加強語氣。

96 蹛：tuà，居住。

97 佇位：toh-ūi，哪裡。

98 啥：siánn，什麼。

99 後生：hāu-senn，兒子。

100 啥物：siánn-mih，什麼。

101 工課：khang-khuè，工作。

102 帶身命：tài sin-miā，身染宿疾，長期帶病。

103 斟酌：tsim-tsiok，仔細、注意、小心。

104 袂 bái：bē bái，不錯。

105 濫糝：lām-sám，隨便、胡亂來。

106 成：sîng，完成。

107 尻川後：kha-tshng-āu，背後、後面。

閒話講：

「某某人的查某囝彼陣 hông[108] tshuā 出去
幾若[109]擺[110]，敢[111]猶閣規[112]身軀好好？」

有的較有口德，袂烏白[113]想共人憢疑[114]，
毋過猶是會想講：

「這个某人的查某囝啊都佮某 mih 人[115]的
後生行[116]遐[117]濟[118]擺--矣，尾--仔[119] thah 會[120]婚
姻無成，敢是有啥欠點予對方看破跤手[121]？」

---

108 hông：「予人 (hōo lâng)」的合音，被人。

109 幾若：kúi-nā, 幾、若干。

110 擺：pái, 次數。

111 敢：kám, 疑問副詞，提問問句。

112 規：kui, 整個。

113 烏白：oo-pe̍h, 亂來、隨便。

114 憢疑：giâu-gî, 猜疑。

115 某 mih 人：bóo-mih-lâng, 某人。

116 行：kiânn, 走，此指交往。

117 遐：hiah, 那麼。

118 濟：tsē, 多。

119 尾 -- 仔：bué-á, 最後、後來。

120 thah 會：thah ē, 怎麼會。

121 看破跤手：khuànn phuà kha-tshiú, 看清底細。

　　若查某囝欲予人 tshuā 出門，會曉--的攏
會差小弟小妹陪阿姊去，三个人做伙[122]出門，
就袂[123]有啥歹話[124]、閒話。嘛有彼厝--裡無囝
仔通差教[125]--的，就共厝邊隔壁借囝仔[126]，這
是好空的缺[127]，出門有食閣有掠[128]，逐个囝仔
攏歡喜予人借去做「青仔叢」，這陣的話講
是『電燈泡』。也有查某囝仔嫌身軀邊加[129]
綴一个衛兵傷[130]費氣，就抱一隻貓仔抑是狗仔
做伙出門，彼貓仔狗仔的頷頸[131]攏袂使[132]縛索

---

[122] 做伙：tsò-hué，一起。
[123] 袂：bē，不。
[124] 歹話：pháinn-uē，壞話。
[125] 差教：tshe-kà，差遣、使喚。
[126] 囝仔：gín-á，小孩子。
[127] 好空的缺：hó-khang ê khueh，好差事。
[128] 有食閣有掠：ū tsiah koh ū liah，比喻一件好事還另有
　　　其他附加價值。
[129] 加：ke，多。
[130] 傷：siunn，太、過於。
[131] 頷頸：ām-kún，脖子。
[132] 袂使：bē-sái，不可以。

仔[133]，一--來，手抱動物通證明伊的清白。二
--來，嘛加添查某囡仔的妖嬌。

　　阿州一年兩冬[134]共人駛田[135]，賰的時間就
用鐵牛仔頭鬥[136]車身，組一台鐵牛仔車，共人
捙[137]番藷佮甘蔗，佇彼時來講，工錢算蓋有
額[138]。若工課較冗[139]，有閬縫[140]的閒時，就用
鐵牛仔車載蕊--仔佮莓--仔兩姊妹去街--裡迌
迌[141]抑是田郊野外遛遛去[142]。今仔[143]開始，嫌
莓--仔佇邊--仔徛[144]衛兵做監督真僥倖[145]，尾--

---

[133] 縛索仔: pȧk soh-á，綁繩子。

[134] 冬: tang，農作物的收成季。

[135] 駛田: sái tshân，使用耕耘機耕田。

[136] 鬥: tàu，裝上、組合。

[137] 捙: tshia，以車子搬運東西。

[138] 有額: ū-giȧh，有份量。

[139] 冗: līng，寬裕；鬆、寬。

[140] 閬縫: làng-phāng，空檔、空隙。

[141] 迌迌: tshit-thô，玩、遊玩。

[142] 遛遛去: liù-liù-khì，閒蕩。

[143] 今仔: tann-á，剛剛。

[144] 徛: khiā，站。

[145] 僥倖: 可憐、惋惜、遺憾。

仔感覺蕊--仔比姊姊較好笑神[146]閣活跳[147]嘛心
適[148]，三人鬥陣[149]行，一直到蕊--仔嫁去阿州
in 兜[150]才煞[151]。

蕊--仔佮阿州結婚彼工[152]，原本曆日仔
冊講是好日，嘛有開錢[153]倩看日仔先[154]檢查
--過，講確實是無地取[155]的日子，哪知前一
暝就咧倒雨，袂輸[156]彼天頂毋知儉[157]幾年的
水，予雲若[158]水 tshiāng 枋[159] tshiāng[160] 牢[161]--

---

[146] 好笑神：hó-tshiò-sîn，笑容滿面。

[147] 活跳：uáh-thiàu，活潑、活躍。

[148] 心適：sim-sik，有趣、風趣、愉快、開心。

[149] 鬥陣：tàu-tīn，結伴、偕同、一起。

[150] 兜：tau，家。

[151] 煞：suah，結束、停止。

[152] 彼工：hit-kang，那一天。

[153] 開錢：khai-tsînn，花錢。

[154] 看日仔先：擇日師。

[155] 無地取：bô tè tshú，很難獲取。

[156] 袂輸：bē-su，好比、好像。

[157] 儉：khiām，節省、節儉。

[158] 若：ná，好像、如同。

[159] 水 tshiāng 枋：tsúi-tshiāng-pang，水閘門。

[160] tshiāng：攔截擋住。

咧，烏雲寁[162]飛開 niâ[163]，水就配合雷公爍
爁[164] phì-phè 叫[165]按呢拚[166]一暝[167]貼貼[168]。新
娘轎袂扛--得，煞[169]著[170]用牛車載轎，人先
到，嫁妝另日才補佮[171]，若無，thàng-suh[172]
的布料到遮[173]穩[174]澹[175]--去，連面桶[176]、屎
桶[177]、囡孫桶[178]新 tak-tak 的三桶都 bē-tsīng-

---

[161] 牢：tiâu，緊密結合分不開。

[162] 寁：tshím，剛剛。

[163] niâ：而已。

[164] 雷公爍爁：lûi-kong sih-nah，雷電交加。

[165] phì-phè 叫：擬聲詞，雷聲。

[166] 拚：傾倒。

[167] 暝：mê，夜、晚。

[168] 貼貼：tah-tah，整整、到底。

[169] 煞：suah，竟然。

[170] 著：tiòh，得、要、必須。

[171] 佮：kah，附帶。

[172] thàng-suh：衣櫥，日語外來語，たんす（箪笥）。

[173] 遮：tsia，這裡。

[174] 穩：ún，一定。

[175] 澹：tâm，溼。

[176] 面桶：bīn-tháng，臉盆。

[177] 屎桶：sái-tháng，便桶。

beh[179] 先貯[180]水佮--來。阮 i--仔講自來[181]毋捌[182]食桌著愛用徛--的，手--裡抱--我，閣欲捧碗擛箸[183]，有時連大桌嘛會予水徙[184]振動[185]。

阿州 in 爸母本底[186]是攢[187]一个歡喜的心情欲迎接這个大新婦[188]，哪知大水做規工[189]，煩惱東煩惱西，閣新郎踢轎門，無代無誌[190]一跤[191]鞋煞飛--出-去，落落水--裡[192]。自來毋

178 囝孫桶：kiánn-sun-tháng, 分娩後，爲新生兒洗淨之桶。
179 bē-tsīng-beh：還沒開始…就…。
180 貯：té, 裝、盛。
181 自來：tsū-lâi, 從來。
182 毋捌：m̄-bat, 不曾。
183 擛箸：giah tī, 拿筷子。
184 徙：suá, 遷移、移動。
185 振動：tín-tāng, 移動。
186 本底：pún-té, 本來、原本。
187 攢：tshuân, 準備。
188 新婦：sin-pū, 媳婦。
189 規工：kui-kang, 整天。
190 無代無誌：bô-tāi-bô-tsì, 沒事、沒怎樣。
191 跤：kha, 只。計算鞋子、戒指、皮箱等物的單位。
192 落落水 -- 裡：lak-lo̍h tsúi--nih, 掉入水裡。

捌發生這款[193]代誌[194]，聽講自按呢[195]對蕊--仔
煞看袂佮意[196]，阿州嘛綴咧[197]無啥歡喜，娶某
了，對蕊--仔感情直直冷--去。

蕊--仔嫁了翻轉年[198]，就生一个後生，有
人算--起-來講無夠月[199]，臆[200]講大概未結婚
前就有的囡仔，總--是[201]，不足月的囡仔是常
在[202]有--的，閣講人 in 都結婚--矣，管待[203] in
當時[204]有囡仔--的欲 nî[205]！

這个大後生減我一歲，毋過我是新曆九--

---

[193] 這款：tsit-khuán, 這種。

[194] 代誌：tāi-tsì, 事情。

[195] 自按呢：tsū-án-ni, 因此、於是、就這樣、從此。

[196] 佮意：kah-ì, 中意、喜歡、滿意。

[197] 綴咧 tuè leh, 跟著。

[198] 翻轉年：huan-tńg-nî, 隔年、翌年。

[199] 無夠月：bô-kàu-gueh, 月數不足。

[200] 臆：ioh, 猜測。

[201] 總 -- 是：tsóng--sī, 不過。

[202] 常在：tshiâng-tsāi, 經常、時常。

[203] 管待：kuán-thāi, 理會、理睬。

[204] 當時：tang-sî, 什麼時候。

[205] 欲 nî：beh nî, 幹麼。

月生--的，便若到翻轉年八--月進前[206]出世的
囡仔，讀冊攏佮我仝[207]屆，後--來，讀國校伊
佮我仝班，下--仔[208]閣一个減兩屆另外一个閣
再閬[209]三屆的小弟佮小妹，這是蕊--仔過身[210]
了後的代誌，就先免講。

　　彼陣，我接著[211]冊單，通知講愛入學，若
無[212]，阮爸母會予人罰。我有寡歡喜，嘛有寡
煩惱。歡喜--的是閣來免逐工偝[213]小弟小妹，
煩惱--的是逐工愛行一公里外的路去街--裡的
學校。我想講阿船應該嘛佮我仝款[214]；阿船是
阿州的大後生，in 老母嫁--來坐轎若咧坐船，

---

[206] 進前：tsìn-tsîng，之前。

[207] 仝：kāng，相同。

[208] 下 -- 仔：ē--á，下面。

[209] 閬：làng，間隔。

[210] 過身：kuè-sin，過世。

[211] 著：tiòh，到，動詞補語，表示動作之結果。

[212] 若無：nā-bô，否則、不然。

[213] 偝：āinn，背。

[214] 仝款：kāng-khuán，一樣。

in 阿公就共號[215]這个名。我扺[216]想欲過厝後去
揣--伊，煞先來揣--我，尻脊骿[217]閣偝細漢小
妹。阿船講 in i--仔死--去矣，伊予大人趕--出
-來，講伊囡仔人袂使看，伊閣問我講人若死--
去，著愛死偌久[218]？

　我聽阮 i--仔佮厝邊的查某人[219]咧會[220]，
講蕊--仔哪會[221]遐雄[222]，講死就死，放[223]爸放
母閣放翁放囝，大人猶閣講會得過[224]，家己
生的這三个囡仔，上細漢[225]的查某囝才晬外[226]

---

[215] 號：hō，取名字。
[216] 扺：tú，剛、方才。
[217] 尻脊骿：kha-tsiah-phiann，背部。
[218] 偌久：juā-kú，多久。
[219] 查某人：tsa-bóo-lâng，女人。
[220] 會：huē，談論。
[221] 哪會：nah-ē，怎麼會。
[222] 雄：hiông，殘忍。
[223] 放：pàng，捨棄；留下。
[224] 講會得過：kóng ē-tit-kuè，說得過去。
[225] 上細漢：siōng sè-hàn，年齡最小的。
[226] 晬外：tsè-guā，週歲多。

niâ，無老母是欲按怎飼會大[227]？蕊--仔彼時
陣[228]是二十六歲，猶當[229]少年，哪會想遐袂
開，煞行這條短路？若毋是艱苦甲[230]忍耐袂
牢[231]，連蟲豸[232]都欲揣生路，免講是三个囡仔
的老母？

　　了後，有真濟警察來，問阿州佮 in 爸仔
母仔真濟話，阿爸佮 i--仔嘛有予 in 問--著。總
講[233]是蕊--仔做查某囡仔時[234]傷快活，嫁--來了
後，做人的大新婦，家己三个囡仔愛發落[235]--
無-打-緊[236]，閣有翁婿[237]、大家[238]、大官[239]、

---

[227] 飼會大：tshī ē tuā，養得大。

[228] 時陣：sî-tsūn，時候。

[229] 當：tng，正值、正逢。

[230] 甲：kah，到。

[231] 袂牢：bē tiâu，不住。

[232] 蟲豸：thâng-thuā，昆蟲。

[233] 總講：tsóng-kóng，總之。

[234] 做查某囡仔時：tsò tsa-bóo gín-á sî，少女時期。

[235] 發落：huat-lòh，料理、打點、打理、張羅。

[236] --無-打-緊：--bô-tánn-kín，不要緊、沒關係。

[237] 翁婿：ang-sài，夫婿、丈夫。

[238] 大家：ta-ke，婆婆。

阿姑仔[240]、小叔仔，攏著伊款[241]三頓，連小姑都大人--矣，家己的衫仔褲嘛抨[242]予伊洗，閣有豬鴨精牲[243]愛款潘[244]款食，拚[245]埕拚牢[246]，閣著去園--裡顧茉巡草，準講拆做三身，有六支手骨嘛無夠用。阿州閣定定[247]罵--伊、唸--伊，有時仔嘛捌拍[248]--伊，才會愈想愈凝心[249]，共農藥仔當做冰仔水按呢規罐tsai[250]。

水樹聽著查某囡蕊--仔自殺，真毋願，在來這个第二查某囡就真乖巧，嫁阿州了後，雖

---

[239] 大官：ta-kuann，公公。
[240] 阿姑仔：a-koo-á，大姑子，稱丈夫的姊姊。
[241] 款：khuán，整理、收拾。
[242] 抨：phiann，隨便丟、扔。
[243] 精牲：tsing-senn，牲畜、畜生、家禽或家畜。
[244] 潘：phun，廚餘。
[245] 拚：piànn，打掃、清理。
[246] 牢：tiâu，飼養牲畜的地方。
[247] 定定：tiānn-tiānn，常常。
[248] 拍：phah，打。
[249] 凝心：gîng-sim，氣憤難消、憤恨不平、不甘心、抑鬱、鬱結。
[250] tsai：倒下去，此指大口喝。

罔[251]艱苦，轉來[252]後頭厝嘛攏毋捌哼[253]--過，
是伊家己佮人自由戀愛揀選--的，欲怨嘆有是
怨嘆家己的命底生成[254]。上蓋予人擔憂--的是
這三个可憐的外孫，無老母的日子是欲按怎
渡。細漢這个查某--的，猶閣紅紅幼幼[255]，蕊
--仔若毋是慼心[256]欲哪行會開跤[257]。

　　莓--仔今年二十五歲--矣，佇彼時的社會
風氣來講，應該是「老姑婆[258]」--矣，毋是無
人欲共做親情，伊就是攏袂佮意，一年一年一
直延延[259]，到這當時[260]猶佇街--裡的百貨店做

---

251 雖罔：sui-bóng，雖然。
252 轉來：tńg-lâi，回來。
253 哼：hainn，抱怨、訴苦。
254 生成：senn-sîng，天生。
255 紅紅幼幼：âng-âng iù-iù，形容新生的幼兒，因為全身
　　紅紅的。
256 慼心：tsheh-sim，痛心、傷心、橫心、心寒、一怒之
　　下、一氣之下。
257 行會開跤：kiânn ē khui-kha，走得了、分得開身。
258 老姑婆：lāu koo-pô，老姑娘、老處女，指年紀大而未
　　出嫁的女人。
259 延延：iân-tshiân，延滯、延遲、延宕、拖延、耽擱。

店員。伊共阿爸講欲去替阿姊顧彼三个囡仔。
水樹翁仔某攏無贊成，三个囡仔是綴阿州姓，
毋是姓咱的，未來會按怎，咱干焦會當關心
niâ，嘛無法度主意[261]。莓--仔講：

「就是按呢，我無去照顧--in，欲哪會過
心[262]。」

代誌毋知按怎舞[263]，阿州煞來共丈人爸佮
丈人母會失禮[264]，講無好禮仔[265]疼惜蕊--仔，
這時知家己毋著，都也袂赴[266]--矣，希望這三
个囡仔受著較好的栽培，欲來討莓--仔去代姊
做母。

阿州佮莓--仔的婚禮無閣放帖仔請人客，
毋過這擺的腥臊[267]我食有著，彼是阿船專工

---

[260] 這當時：tsit-tong-sî，這時候。
[261] 主意：tsú-ì，決定、做主。
[262] 過心：kuè-sim，過意、心安。
[263] 舞：bú，折騰、忙著做某件事。
[264] 會失禮：huē sit-lé，賠禮、道歉、賠罪。
[265] 好禮仔：hó-lé-á，小心翼翼的、輕輕的。
[266] 袂赴：bē-hù，來不及。
[267] 腥臊：tshinn-tshau，豐盛餐食、菜色豐盛。

[268]貯一碗清米飯，雞佮封肉[269]夾規碗尖尖。我問伊這个新的 i--仔敢好。阿船講 in 猶全款叫伊「阿姨」，自來，阿姨佮 in 遮的囡仔就真熟，in 阿爸有時去街--裡會予 in 綴，有一擺，伊有聽著百貨店另外兩个店員咧會講「這兩个姨仔姊夫感情哪會遮好，三工兩工就來揣莓--仔。」

　　阿姨嘛攏會 tshuā in 去市仔內食點心、買迌迌物仔[270]，自來就真惜--in，佇 in 的感覺內底，阿姨佮阿 i 差不多，阿爸蓋成[271]對阿姨比對阿 i 較有笑面，就是按呢，新阿 i 佮舊阿姨實在是全款--的。

　　莓--仔嫁來一段時間，家己就閣生一个查某囝，嘛有人斟酌算--過，閣是無夠月生--的，想講人 in 都結婚做翁某--矣，管待 in 當時

---

[268] 專工: tsuan-kang，特地、專程。

[269] 封肉: hong-bah，將肉油炸或略微炒過，加上佐料放在密閉的烹飪容器中燜爛。

[270] 迌迌物仔: tshit-thô-mih-á，玩具。

[271] 成: sîng，像。

有囡仔--的欲 nî！

　　莓--仔有家己的查某囝了後，對阿船 in 三个前人囡仔全款疼惜，並無後母面克虧[272]--in，總--是家己阿姊的囡仔猶是蓋親。阿州對莓--仔無像對蕊--仔按呢欲罵欲拍，日子過了加較順序，佇塗跤[273]毋知欲睏[274]到當時的蕊--仔若知影[275]按呢，應該也會感覺淡薄仔[276]安慰，總--是，這應該嘛是一个複雜的愛的故事。

---

[272] 克虧：khik-khui，委屈、虧待。
[273] 塗跤：thôo-kha，地面、地上。
[274] 睏：khùn，睡。
[275] 知影：tsai-iánn，知道。
[276] 淡薄仔：tām-po̍h-á，些許、一些。

來惜--仔佮罔市--仔的婚姻

　　人需要安全感、信賴感，毋過[1]傷[2]過順序[3]的人生也會予[4]人厭癐[5]，會想欲[6]有寡[7]無全款[8]的生活刺激，閣[9]會煩惱刺激甲[10]傷離經[11]--去，做人就是遮爾[12]費氣[13]，若有趣味，聽我講「來

---

[1]　毋過：m̄-koh, 不過、但是。
[2]　傷：siunn, 太、過於。
[3]　順序：sūn-sī、sūn-sū, 平順、順利。
[4]　予：hōo, 讓；給予；被。
[5]　厭癐：ià-siān, 煩膩、厭倦；困倦、疲倦。
[6]　欲：beh, 要、想，表示意願；將要、快要。
[7]　寡：kuá, 一些、若干。
[8]　全款：kāng-khuán, 一樣。
[9]　閣：koh, 又。
[10]　甲：kah, 得，用在動詞或形容詞與副詞間，表示所達到的結果或程度。
[11]　離經：lī-king, 離譜、誇張、荒謬、不合常理。

惜--仔佮[14]罔市--仔的婚姻」的故事，你若毋[15]相
信有這款[16]代誌[17]，就當做咧聽人講誚古[18]。

來惜--仔是厝--裡[19]的細漢[20]查某囝[21]，佇[22]
彼款[23]時代，in[24]兜[25]蹛[26]佇市內，附近的庄頭[27]
閣有寡田咧[28]贌人作[29]，算是好額人[30]。來惜--

---

12 遮爾：tsiah-nī，多麼、這麼。

13 費氣：hùi-khì，費勁。

14 佮：kap，和、與。

15 毋：m̄，不。

16 這款：tsit-khuán，這種。

17 代誌：tāi-tsì，事情。

18 誚古：hàm-kóo，誇張、荒謬、荒誕不經、無稽之談。

19 厝 -- 裡：tshù--lí、tshù--nih，家裡。

20 細漢：sè-hàn，年幼；小個兒、矮小；小時候。

21 查某囝：tsa-bóo-kiánn，女兒。

22 佇：tī，在。

23 彼款：hit-khuán，那種。

24 in：第三人稱所有格，他的；他們。

25 兜：tau，家。

26 蹛：tuà，居住。

27 庄頭：tsng-thâu，村子、村落。

28 咧：teh，在、正在。

29 贌人作：pa̍k lâng tsoh，承租給人耕作。

30 好額人：hó-gia̍h-lâng，有錢人。

仔閣是厝--裡孤一个[31]查某囝，老爸才會共[32]伊[33]號[34]這个[35]名，有影[36]共伊惜命命[37]，連伊頂頭[38]的幾个兄哥嘛[39]攏[40]有夠疼惜這个小妹，自細漢起，厝--裡有好物件[41]攏伊先著[42]，予厝內人真共寵倖[43]。來惜--仔有影予厝--裡倖[44]甲若[45]公主、女皇帝--咧[46]，毋過伊猶是[47]有分寸，

---

[31] 孤一个：koo tsit ê，唯一一個。

[32] 共：kā，給；幫；跟、向；把、將。

[33] 伊：i，她、他、牠、它，第三人稱單數代名詞。

[34] 號：hō，取名字。

[35] 个：ê，個。

[36] 有影：ū-iánn，的確、真的、真有其事。

[37] 惜命命：sioh-miā-miā，疼惜有加、寵愛有加、百般疼惜。

[38] 頂頭：tíng-thâu，上面、上頭。

[39] 嘛：mā，也。

[40] 攏：lóng，都。

[41] 物件：mih-kiānn，東西。

[42] 著：tiȯh，輪到、得到。

[43] 寵倖：thíng-sīng，溺愛、寵愛、縱容。

[44] 倖：sīng，溺愛、寵愛、縱容。

[45] 若：ná，好像、如同。

[46] -- 咧：--leh，置於句末，用以加強語氣。

　　愛伊的家庭，無論爸母抑是[48]兄哥。人生對伊來講，幸福、美滿以外，毋知猶有啥物通[49]煩惱？上[50]予傷心的一擺[51]是伊飼[52]的狗仔死--去，伊哭一晡[53]久，閣無食暗頓[54]表示數念[55]。

　　彼陣[56]的查某囡仔[57]攏差不多十七八仔就有人來欲做親情[58]，較早嫁--咧，厝--裡有通收聘金、免閣飼查某囝，而且也完成一件心事，這攏應該講是正常--的。來惜--仔佇青春少女的時代，無啥[59]機會佮外口的查埔囡仔[60]

---

[47] 猶是：iáu sī，還是。

[48] 抑是：iah-sī，或是。

[49] 通：thang，可以。

[50] 上：siōng，最。

[51] 擺：pái，次，計算次數的單位。

[52] 飼：tshī，畜養；養育；餵食。

[53] 一晡：tsit poo，半天。

[54] 食暗頓：tsiah àm-tìg，吃晚餐。

[55] 數念：siàu-liām，思念、掛念、眷念、想念、懷念、記掛。

[56] 彼陣：hit-tsūn，那時候。

[57] 查某囡仔：tsa-bóo gín-á，女孩子。

[58] 做親情：tsuè tshin-tsiânn，說媒、作媒、提親。

接接[61]，無煩無惱的伊嘛毋捌[62]有青春少女戀愛
的困擾，世間上[63]好的查埔人就是 in 爸爸佮兄
哥。講--是按呢[64]，厝--裡較惜查某囝嘛是袂
囥[65]--得，到二十出頭歲，若閣無嫁嘛袂使--
得[66]，這時拄好[67]有人來講親情，對方無論家
世、人品攏佮來惜--仔真四配[68]，阿爸毋甘[69]嘛
著[70]共允--人[71]，來惜--仔捌佮對方對看閣約--
出-去-過，確實是美滿良緣，無一項嫌會著[72]--

---

59 啥：siánn，什麼。
60 查埔囡仔：tsa-poo gín-á，男孩子。
61 接接：tsih-tsiap，打交道、交際、接洽、接觸。
62 毋捌：m̄ bat，不曾。
63 上：siōng，最。
64 按呢：án-ni、án-ne，這樣、如此。
65 囥：khǹg，放置。
66 袂使--得：bē-sái--tit，不能、不行、不可以、使不得。
67 拄好：tú-hó，剛好、湊巧。
68 四配：sù-phuè，相匹配。
69 毋甘：m̄-kam，捨不得、不忍。
70 著：tio̍h，得、要、必須。
71 允--人：ín--lâng、ún--lâng，允諾、許諾、答應他人。
72 著：tio̍h，到，動詞補語，表示動作之結果。

的。若按呢，以後來惜--仔就過快樂的日子，
這个故事是欲講啥物？代誌就發生佇伊結婚前
欲去辦嫁妝的時陣[73]。

　　爲著[74]寶貝查某団欲嫁，厝--裡替伊蓄[75]
嫁妝，攢[76]東攢西，規家夥仔[77]攏無閒 tshih-
tshih[78]，爲欲予來惜--仔新的人生有一个四序[79]
的開始，錢隨在[80]伊開[81]，驚[82]無手通搬 niâ[83]，
若無，規个[84]百貨行、服裝店想欲攏共買--轉-
來[85]。

---

[73]　時陣：sî-tsūn，時候。

[74]　爲著：ūi-tiòh，爲了。

[75]　蓄：hak，添置、購置金額較高的物品。

[76]　攢：tshuân，準備。

[77]　規家夥仔：kui-ke-hué-á，全家人。

[78]　無閒 tshih-tshih：非常忙碌。

[79]　四序：sù-sī，舒適、完善、妥當、井井有條。

[80]　隨在：sûi-tsāi，聽憑、任由、任憑。

[81]　開：khai，花錢。

[82]　驚：kiann，怕、害怕。

[83]　niâ：而已。

[84]　規个：kui-ê，整個。

[85]　--轉-來：--tńg-lâi，回來。

彼一工[86]，來惜--仔佇一間布店的門喙[87]看著內底[88]有一塊角花仔布，看--起-來色水[89]眞顯目，就行--入-去[90]，是一个穿插[91]素素的姑娘咧看彼塊布，來惜--仔伸手去摸，感覺布質眞好，紲喙[92]問價數[93]，邊--仔[94]一个查某店員共講：

「本底[95]一碼是十五箍[96]，這个小姐眞gâu[97]出價，我共伊落到一碼十二箍半，伊猶閣咧考慮，你若欲愛，嘛算你十二箍半就好，才賭[98]一領洋裝的額niâ。」

---

[86] 彼一工：hit tsit kang，那一天。

[87] 門喙：mn̂g-tshùi，門口、入口。

[88] 內底：lāi-té，裡面。

[89] 色水：sik-tsuí，色彩、色澤、顏色。

[90] 行--入-去：kiânn--jip-khì，走進去。

[91] 穿插：tshīng-tshah，穿著。

[92] 紲喙：suà-tshuì，順口。

[93] 價數：kè-siàu，價格。

[94] 邊--仔：pinn--á，旁邊。

[95] 本底：pún-té，本來、原本。

[96] 箍：khoo，元，計算金錢的單位。

[97] gâu：善於。

　　來惜問彼个小姐欲挃[99]--毋，若毋，伊欲買。彼个姑娘想想--咧，搖頭。來惜--仔就算錢予店員，叫伊包--起來，越頭[100]看彼个姑娘流目屎[101]行--出-去，緊[102]綴[103]後追--出-去，請彼个小姐小等--一-下。

　　伊叫做罔市--仔，躊佇庄跤[104]，嘛是爲著辦嫁妝來到市內，佇布店寏[105]看著彼塊角花仔布，就眞佮意[106]，這款[107]一碼十外箍[108]是公道，較輸[109]伊都無夠遐[110]濟[111]錢通買，毋才[112]

---

⁹⁸ 賰：tshun，剩下。
⁹⁹ 挃：tih，要。
¹⁰⁰ 越頭：uát-thâu，回頭。
¹⁰¹ 目屎：bák-sái，眼淚。
¹⁰² 緊：kín，快、迅速。
¹⁰³ 綴：tuè，跟、隨。
¹⁰⁴ 庄跤：tsng-kha，鄉下。
¹⁰⁵ 寏：tshím，剛剛。
¹⁰⁶ 佮意：kah-ì，中意、喜歡、滿意。
¹⁰⁷ 這款：tsit-khuán，這種。
¹⁰⁸ 十外箍：tsáp guā khoo，十多塊錢。
¹⁰⁹ 較輸：khah-su，不過、可是、然而。
¹¹⁰ 遐：hiah，那麼。

會一直共人出價，假使來惜--仔若無入來欲交
關，凡勢[113]一碼十箍 in 會賣，按呢伊就買會倒
--矣[114]，這嘛無法度[115]，各人有各人的命。來
惜--仔聽一下煞[116]戇神戇神[117]，伊毋知世間有
人散[118]甲[119]無錢通辦嫁妝--的，平平[120]是欲做
新娘--的哪會[121]差遨濟？看--起-來是全款妖嬌
古錐[122]的查某囡仔，一个就來惜，一个煞罔[123]

---

[111] 濟：tsē，多。

[112] 毋才：m̄-tsiah，才。

[113] 凡勢：huān-sè，也許、說不定、可能。

[114] 買會倒 -- 矣：bé ē tó--ah，買得起；「矣」是語尾助詞，
表示動作完成。

[115] 無法度：bô huat-tōo，沒轍、沒辦法。

[116] 煞：suah，竟然。

[117] 戇神戇神：gōng-sîn gōng-sîn，若有所思、恍恍惚惚、
心不在焉。

[118] 散：sàn，貧窮。

[119] 甲：kah，得，用在動詞或形容詞與副詞間，表示所達
到的結果或程度。

[120] 平平：pînn-pînn，一樣、同樣。

[121] 哪會：nah-ē，怎麼會。

[122] 古錐：kóo-tsui，可愛。

[123] 罔：bóng，姑且、將就、不妨。

飼，敢毋是¹²⁴傷無公平？伊講欲共彼塊布予罔
市小姐做嫁妝。對方毋肯，講無應該接受生份
人¹²⁵的好意。來惜--仔先自我介紹，講嘛是欲
做新娘--的，想欲佮罔市做朋友，算是朋友共
伊添妝¹²⁶的禮數。罔市講伊無禮數通回報，毋
敢接受，毋過閣毋甘彼塊布，想想--咧，講伊
會使¹²⁷用彼塊布做衫賭的布碎仔¹²⁸繡一條手巾
予來惜--仔做添妝賀禮。

　　來惜--仔轉去厝--裡，心情一直悶悶，想
講伊是出世¹²⁹佇好額人兜¹³⁰，若講 in 兜親像¹³¹
罔市遐散 tsiah¹³²，對方敢¹³³會娶--伊？敢講¹³⁴

---

¹²⁴ 敢毋是：kám m̄ sī，難道不是嗎？
¹²⁵ 生份人：tshinn-hūn-lâng，陌生人。
¹²⁶ 添妝：thiam-tsng，添嫁妝。
¹²⁷ 會使：ē-sái，可以、能夠。
¹²⁸ 布碎仔：pòo-tshuì-á，布頭、碎布、零碼布。
¹²⁹ 出世：tshut-sì，出生、誕生。
¹³⁰ 好額人兜：hó-giah-lâng tau，有錢人家。
¹³¹ 親像：tshin-tshiūnn，好像、好比。
¹³² 散 tsiah：sàn-tsiah，貧窮、窮困。
¹³³ 敢：kám，疑問副詞，提問問句。
¹³⁴ 敢講：kám-kóng，難道。

婚姻就決定佇家庭的經濟好抑 bái[135]？厝--裡看
著普通時攏真快樂的查某囡仔這時煞有寡憂頭
結面[136]，掠準[137]是結婚前毋甘離開厝，也無特
別有啥煩惱--伊。過兩工，罔市--仔揣[138]--來，
送伊繡好的手巾仔來欲共來惜--仔添妝。來惜
--仔足[139]歡喜，招[140]伊入去房間仔內開講[141]，
問伊欲嫁的對方是啥款[142]人，伊敢看有佮意？
罔市--仔講是爸母做主--的，伊干焦[143]見過一
面 niâ，無啥印象，總--是[144]做查某囡仔就是按
呢，爸母飼大漢[145]，收人的聘金著愛[146]嫁予--

---

135 bái：不好、糟糕。

136 憂頭結面：iu-thâu-kat-bīn，愁眉苦臉、愁容滿面。

137 掠準：liàh-tsún，以為、誤以為。

138 揣：tshuē，尋找。

139 足：tsiok，非常。

140 招：tsio，邀。

141 開講：khai-káng，聊天、閒聊。

142 啥款：siánn-khuán，如何、怎樣。

143 干焦：kan-tann，只有、僅僅。

144 總--是：tsóng--sī，不過。

145 飼大漢：tshī tuā-hàn，養大。

146 著愛：tiòh-ài，得。

人，欲按怎[147]講佮意抑無！聽講 in 彼爿[148]嘛艱
苦人，爲著聘金去招會仔[149]閣借錢，這是尾--
仔[150]有人風聲[151]--出-來-的。

來惜--仔閣想家己[152]欲嫁的對象，是干
焦無啥通嫌 niâ，嘛毋是講有啥感情無嫁--伊
袂使[153]，這款婚姻佮罔市--仔欲嫁--的有啥精
差[154]？若講伊佮罔市--仔相換嫁，按呢會按
怎？好額散攏是人，好額人子弟無影講就較
出脫[155]，散人囝凡勢家庭較幸福。上無[156]，in
兜較好額，會當[157]加佮[158]寡嫁妝去幫贊[159]散家

---

[147] 按怎：án-tsuánn，怎麼樣。
[148] 彼爿：hit-pîng，那邊。
[149] 招會仔：tsio huē-á，邀約組成互助會。會仔：互助會。
[150] 尾 -- 仔：bué--á，最後、後來。
[151] 風聲：hong-siann，傳言、流傳、謠言。
[152] 家己：ka-kī、ka-tī，自己。
[153] 袂使：bē-sái，不可、不行、不能。
[154] 精差：tsing-tsha，差別、差異、不同、出入。
[155] 出脫：tshut-thuat，出息、成就。
[156] 上無：siōng-bô，至少、起碼、最少。
[157] 會當：ē-tàng，可以。
[158] 佮：kah，附帶。

庭，罔市--仔嫁予較好額--的嘛有較濟聘金通
予厝--裡。若無[160]，散--的愈散，富上加富有啥
意思？

伊想著這个計劃，驚罔市--仔毋配合，就
先招伊結拜做姊妹仔，共伊介紹予阿爸阿母佮
兄哥，講伊有認一个小妹，算--起來，罔市--
仔減伊兩歲。爸母本底就倖--伊，嘛毋知查某
囝咧變啥 báng[161]，就順伊的意，認罔市--仔講
是查某囝，閣發落[162]禮數揀[163]日子欲去佮罔市
--仔 in 爸母熟似[164]--一下。來惜--仔為著計劃
成功一半咧暗歡喜[165]。

罔市 in 爸母聽查某囝講佮一个都市的小姐
結拜，毋知欲用啥物心情共查某囝講庄跤人佮
都市人袂起[166]，等來惜--仔來拜訪，感覺是一

---

159 幫贊：pang-tsān, 幫忙、幫助。
160 若無：nā-bô, 否則、不然。
161 變啥 báng：pìnn siánn báng, 搞啥名堂。
162 發落：huat-lòh, 料理、打點、打理、張羅。
163 揀：kíng, 選擇。
164 熟似：sik-sāi, 熟識、熟悉。
165 暗歡喜：àm huann-hí, 暗喜、竊喜、暗自歡喜。

个古錐美麗的千金小姐，袂有啥歹意[167]，才轉
歡喜，想講這个查某囝熟似貴人，有影[168]是
欲做新娘仔--的較有福氣。就共來惜--仔嘛準
做[169]查某囝看待。

這工，來惜叫罔市去約彼个田庄囝婿[170]
出--來，伊嘛招未婚夫來，四个青年男女做
伙[171]，互相熟似，逐个[172]年歲相當，眞緊就無
啥生份，干焦彼个庄跤少年較閉思[173]，略略--
仔[174]面就紅，毋敢講話，來惜--仔本底就欠一
个小弟仔，感覺這个庄跤囡仔眞古錐，若嫁--
伊嘛袂 bái。來惜--仔就共 in 三个少年男女講
出伊的計劃，一時間，in 攏著驚[175]，哪會有人

---

[166] 佝…袂起：thīn bē-khí，高攀不起。
[167] 歹意：pháinn-ì，惡意、壞意、壞心眼。
[168] 有影：ū-iánn，的確、眞的、眞有其事。
[169] 準做：tsún-tsò、tsún-tsuè，當成、當做。
[170] 囝婿：kiánn-sài，女婿。
[171] 做伙：tsò-hué，一起。
[172] 逐个：ta̍k-ê，每個、各個。
[173] 閉思：pì-sù，內向、靦腆、害羞。
[174] 略略--仔：lio̍h-lio̍h--á，稍微、約略。

按呢？煞攏毋敢講話，一个面仔青恂恂[176]，尾
--仔，都市青年先表示反對，賰--的彼兩个才
uan-na[177] 講袂使按呢，都 kuānn 定[178]--矣，欲
哪有這款代誌，這會笑破人的喙[179]，閣講，厝
--裡嘛袂答應。

　　來惜--仔講伊若有法度予雙方面厝--裡答
應，in三个就袂使反對，若無，伊嘛毋嫁--
矣，閣欲佮罔市--仔斷姊妹仔情。罔市--仔知
影[180]代誌無遐簡單，為無愛予來惜--仔無歡
喜，就先答應，到遮[181]來--矣，賰兩个查埔--
的嘛恬恬[182]，無閣講啥。

　　自來惜食到遐大漢，毋捌予 in 老爸按呢
惡--過[183]，講伊濫糝[184]來，講這毋知通見笑[185]

---

[175] 著驚：tiȯh-kiann，受驚嚇、害怕、驚慌。
[176] 面仔青恂恂：bīn-á tshinn-sún-sún，臉色慘白、鐵青。
[177] uan-na：也。
[178] kuānn 定：kuānn-tiānn，訂親。
[179] 喙：tshuì，嘴。
[180] 知影：tsai-iánn，知道。
[181] 遮：tsia，這裡。
[182] 恬恬：tiām-tiām，安靜、沉默、默默。

的痟話[186]，若予未來的大家官[187]聽--著，看欲按
怎？來惜--仔予人倖慣勢[188]，也無啲驚阿爸受
氣[189]，講毋是欲退婚抑是有啥歹代誌，是欲佮
小妹換定 niâ，按呢哪有犯著啥罪？若厝--裡
毋答應，伊就決心無欲嫁，做一世人的老姑
婆[190]。看厝--裡閣有啥辦法通阻擋--伊？In阿
兄嘛攏講伊袂行，仙講都[191]袂翻車[192]，厝--裡
giōng 欲[193]亂--起-來。

　　賭--的彼三个，轉--去攏毋敢共厝--裡講
起，橫直[194]等來惜--仔解決家己的代誌了後才

---

[183] 惡--過：ok--kuè，罵過。

[184] 濫糝：lām-sám，隨便、胡亂來。

[185] 見笑：kiàn-siàu，丟人、丟臉、羞恥、丟人現眼。

[186] 痟話：siáu-uē，瘋話、狂言、瘋言瘋語。

[187] 大家官：ta-ke-kuann，公婆。

[188] 慣勢：kuàn-sì，習慣。

[189] 受氣：siūnn-khì，生氣、發怒。

[190] 老姑婆：lāu koo-pô，老姑娘、老處女，指年紀大而未
出嫁的女人。

[191] 仙…都…：sian… to m̄… ，無論怎樣都…。

[192] 翻車：huan-tshia，省悟、醒悟。

[193] giōng 欲：giōng-beh，瀕臨、幾乎要。

講，in心肝內猶是驚惶，世間哪有這款遐好膽，共婚姻當做囡仔咧扮家伙仔[195]的查某囡仔？

尾--仔猶是來惜 in 阿爸讓步，講知影查某囝是仁慈、好心，毋甘小妹過散 tsiah 的生活，無，這爿結拜的後頭厝就閣替罔市--仔攢寡嫁妝佮--去，現金以外，閣佮三分土地，按呢，妹婿彼爿生活就較快活，來惜--仔嘛會當放心。

來惜--仔欲結婚進前[196]，閣去問未來的翁婿[197]，講伊按呢亂，敢會予伊抑是大家官無歡喜？彼个都市的新郎根本都無共爸母講這件事，厝--裡無人知影這个婚姻險險[198]就出問題，伊家己感覺來惜--仔是上蓋[199]好的姑娘，

---

194 橫直：huâinn-tit, 反正。
195 辦家伙仔：pān-ke-hué-á, 扮家家酒。
196 進前：tsìn-tsîng, 之前。
197 翁婿：ang-sài, 夫婿、丈夫。
198 險險：hiám-hiám, 差一點。
199 上蓋：siōng-kài, 最、非常。

會當娶著這款會體貼散人的某[200]，實在是一世人的福氣，哪會有啥通無歡喜--的。

當然，罔市--仔這爿閣較歡喜，就若像[201]in庄跤的爸母講--的，伊確實是拄著[202]性命中的貴人。

---

[200] 某: bóo, 妻子、太太、老婆。

[201] 若像: ná-tshiūnn, 彷彿、好像、猶如。

[202] 拄著; tú-tióh, 遇到。

濁水反清清水濁

　　流行歌仔便若[1]講著[2]堅心[3]的愛情，就講
「無論海水會焦[4]、石頭會爛，我攏[5]無變。」
地層若發生變動，海水可能會焦；石頭年久
月深嘛[6]有彼[7]會爛--的，毋過[8]時間攏毋是[9]人類
遮爾[10]短的性命等會著--的。對愛情有這款[11]堅

---

[1] 便若：piān-nā, 凡是、只要。

[2] 著：tióh, 到, 動詞補語, 表示動作之結果。

[3] 堅心：kian-sim, 決心、堅持。

[4] 焦：ta, 乾燥、水份消失。

[5] 攏：lóng, 都。

[6] 嘛：mā, 也。

[7] 彼：he, 那個。

[8] 毋過：m̄-koh, 不過、但是。

[9] 毋是：m̄ sī, 不是。

[10] 遮爾：tsiah-nī, 這麼。

[11] 這款：tsit-khuán, 這種。

持，啥人[12]聽了袂[13]感動？戀愛中的人應該攏
袂棄嫌對方做這款愛的宣言。人類對大自然的
了解檢采[14]毋是遐[15]絕對，有時仔大自然會起
phàn[16]，產生予[17]咱[18]無法度[19]理解的大變動，
阮[20]遐[21]有一个「濁水反清清水濁」的故事。

　　這時逐家[22]攏知影[23]濁水溪發源佇[24]南投
縣，下游流過彰化、雲林出海，凡勢[25]有人知
影古早[26]濁水溪的主流毋是這陣[27]這條，對[28]南

12　啥人：siánn-lâng，誰、什麼人。

13　袂：bē，不。

14　檢采：kiám-tshái，也許、如果、可能、說不定。

15　遐：hiah，那麼。

16　起 phàn：耍性子。

17　予：hōo，讓；給予；被。

18　咱：lán，我們，包括聽話者。

19　無法度：bô huat-tōo，沒法子、沒轍、沒辦法。

20　阮：guán，我們，不包括聽話者；第一人稱所有格。

21　遐：hia，那裡。

22　逐家：ta̍k-ke，大家。

23　知影：tsai-iánn，知道。

24　佇：tī，在。

25　凡勢：huān-sè，也許、說不定、可能。

26　古早：kóo-tsá，從前、昔日、從前。

投出彰化、雲林隔界[29]遐，流向較北爿[30]，主要
的溪是佇彰化縣內，彼陣[31]叫做清水溪。分叉
口的溪州一帶就是對頂游[32]濁水佇遮[33]沉--落-
來，才坉[34]--起-來的土地，真肥，種啥物[35]攏
gâu[36]生。閣來[37]的溪水，就加[38]真清，變做沿
岸水田上好[39]的利用。

　　這是濁水反清的歷史背景，尾--仔[40]，清
水溪愈來愈狹，嘛愈來愈淺，到尾[41]變做一條

―――――――――

[27]　這陣：tsit-tsūn，這時候。
[28]　對：tuì、ùi，從、由。
[29]　隔界：keh-kài，交界。
[30]　爿：pîng，邊。
[31]　彼陣：hit-tsūn，那時候。
[32]　頂游：tíng-iû，上游，台語也說「水頭」、「溪頭」。
[33]　遮：tsia，這裡。
[34]　坉：thūn，填。
[35]　啥物：siánn-mih，什麼。
[36]　gâu：能幹、善於。
[37]　閣來：koh-lâi，再來。
[38]　加：ke，更、多。
[39]　上好：siōng hó，最好。
[40]　尾--仔：bué--á，最後、後來。
[41]　到尾：kàu bué，到最後。

清水溝仔，濁水溪主流改道，西螺溪變濁水溪
的主流，清水閣[42]濁--去。地理佮[43]歷史本底[44]
就會來去重複，這是欲[45]講這个[46]故事進前[47]
愛[48]先有的基礎觀念。

　　阮 i--仔[49]的後頭厝[50]就是對西螺溪邊的一
个庄頭仔[51]搬去別位[52]--的，我捌[53]問伊阮外公
哪會[54]欲搬離開故鄉，彼陣我猶[55]細漢[56]，到前
幾年仔，才知影較實的故事。

---

[42] 閣: koh, 又。

[43] 佮: kap, 和、與。

[44] 本底: pún-té, 本來、原本。

[45] 欲: beh, 將要、快要; 要、想, 表示意願。

[46] 个: ê, 個。

[47] 進前: tsìn-tsîng, 之前。

[48] 愛: ài, 要、必須。

[49] i--仔: i--á, 平埔族稱呼母親的用語。

[50] 後頭厝: āu-thâu-tshù, 娘家。

[51] 庄頭仔: tsng-thâu-á, 村子、村落。

[52] 別位: pàt-uī, 別處、他處、其他地方。

[53] 捌: bat, 曾。

[54] 哪會: nah-ē, 怎麼會。

[55] 猶: iáu, 還。

[56] 細漢: 年幼。

　　阮外公有六个後生[57]兩个查某囝[58]，我有一个阿姨五个阿舅，煞[59]減一个--去，自細漢，我就感覺奇怪，阮三舅閣落--去[60]變五舅，四舅煞無--去！阮阿 i[61]講伊[62]的四兒加伊兩歲，自來是兄弟姊妹內底[63]上[64]巧[65]、上骨力[66]閣上得人疼[67]--的，彼陣阮外公家己[68]無土地，贌[69]人的田作佃[70]，有的後生做農場的穡頭[71]，有的四界[72]做散工[73]，閣有一个牽牛車

---

[57] 後生：hāu-senn, 兒子。
[58] 查某囝：tsa-bóo-kiánn, 女兒。
[59] 煞：suah, 竟然。
[60] 落 -- 去：lòh--khì, 下去。
[61] 阿 i：平埔族稱呼母親的用語。
[62] 伊：i, 他、她、牠、它, 第三人稱單數代名詞。
[63] 內底：lāi-té, 裡面。
[64] 上：siōng, 最。
[65] 巧：khiáu, 聰明、機靈、靈光。
[66] 骨力：kut-làt, 努力。
[67] 得人疼：tit-lâng-thiànn, 得寵、討喜、討人喜歡、討人喜愛。
[68] 家己：ka-kī、ka-tī, 自己。
[69] 贌：pàk, 承租。
[70] 作佃：tsoh-tiān, 當佃農。

咧[74]共[75]人載物件[76]趁[77]工錢仔。

彼陣，西螺溪頂猶無橋，南來北去攏著蹽[78]溪底，普通時水淺，才淹過跤盤[79] niâ[80]，交通猶會得過[81]，若風颱[82]雨水期，頂流水拚--落-來[83]，規个[84]溪面若海--咧[85]，真危險。日本時代，有自動車--矣[86]，水若略仔[87]較深--一

---

[71] 穡頭：sit-thâu，工作。

[72] 四界：sì-kuè，四處、到處。

[73] 做散工：tsò suànn-kang，打零工。

[74] 咧：teh，在、正在。

[75] 共：kā，幫；跟、向；把、將；給。

[76] 物件：mih-kiānn，東西。

[77] 趁：thàn，賺。

[78] 蹽：liâu，涉水。

[79] 跤盤：kha-puânn，腳背、腳面、腳掌。

[80] niâ：而已。

[81] 會得過：ē-tit-kuè，過得去。

[82] 風颱：hong-thai，颱風。

[83] 拚--落-來：piànn--lȯh-lâi，傾瀉而下。

[84] 規个：kui-ê，整個。

[85] --咧：--leh，置於句末，用以加強語氣。

[86] --矣：--ah，語尾助詞，表示動作完成。

[87] 略仔：liȯh-á，稍微。

-下，車會去牢--著[88]，這時著愛[89]用牛車落去[90]
鬥[91]拖，共自動車救--起-來，救一擺[92]五箍[93]，
照彼時的物價指數來比，並[94]這陣高速公路拖
車較貴，這是駛牛車的阿舅上好趁的外路仔
錢[95]。

　　這个四舅少年就去農場做散工，田--裡園
--裡啥物工課[96]攏做，袂輸[97]是賣予農場的長
工，無揀[98]粗重抑[99]輕可[100]。這農場的頭家[101]

---

88 牢--著：tiâu--tio̍h，困住。
89 著愛：tio̍h-ài，得。
90 落去：lo̍h-khì，下去。
91 鬥：tàu，幫忙。
92 擺：pái，次數。
93 箍：khoo，元，計算金錢的單位。
94 並：phīng，比。
95 外路仔錢：guā-lōo-á-tsînn，外快。
96 工課：khang-khuè，工作。「功課」之白話音。
97 袂輸：bē-su，好比、好像。
98 揀：kíng，選擇。
99 抑：iah，或是。
100 輕可：khin-khó，輕鬆。
101 頭家：thâu-ke，老闆。

是地方紳士，佮當時的日本大人有相當的交陪[102]，兼做庄長，眞有勢力。厝--裡[103]有五个後生佮兩个查某囝，聽講是無仝[104]个某[105]生--的，上大的查某囝嫁予一个出名的家庭做新婦[106]，完聘的時陣[107]，干焦[108]扛櫶[109]的隊伍就較長過西螺溪的闊[110]，頭行--的[111]過溪--矣，尾行--的[112]猶未落溪岸。厝--裡專工[113]去大所在[114]聘請幾若个[115]先生轉來[116]做囡仔的家庭教師，

---

[102] 交陪：kau-puê，交往、交際、打交道。

[103] 厝 -- 裡：tshù--lí，tshù--nih，家裡。

[104] 仝：kāng，相同。

[105] 某：bóo，妻子、太太、老婆。

[106] 新婦：sin-pū，媳婦。

[107] 時陣：sî-tsūn，時候。

[108] 干焦：kan-tann，只有、僅僅。

[109] 櫶：siānn，結婚或祝壽時裝運禮物由雙人抬的長方形大木箱。放禮物之木盒或箱子。

[110] 闊：khuah，寬。

[111] 頭行 -- 的：thâu-kiânn--ê，走在前面的。

[112] 尾行 -- 的：bué-kiânn--ê，走在後面的。

[113] 專工：tsuan-kang，特地、專程。

[114] 所在：sóo-tsāi，地方。

[115] 幾若个：kúi-nā ê，好幾個。

有的教漢學捌[117]漢字, 嘛有教現代的天文地
理, 閣有教算數[118]的數學佮教日本語, 後生佮
查某囝規定時間上課, 袂輪佇厝--裡辦一間私
人學校按呢[119]。

　　這个我毋捌見過面的阿舅是一个真好玄[120]
的少年家仔, 工課若毋是蓋[121]無閒抑是講有
做到一个坎站[122], 就去佮頭家的囝仔鬥陣[123]讀
冊, 無論先生教啥物課程, 伊攏骨力聽。頭家
知影也袂禁止伊去, 先生看伊遮爾勤學, 嘛歡
迎這个額外的學生。

　　四舅較大漢了後, 外公本底有想欲予伊轉
來厝--裡綴[124]阿兄做別項散工, 毋過伊 it 著[125]

---

116 轉來: tńg-lâi, 回來。
117 捌: bat, 認識。
118 算數: sǹg-siàu, 算帳。
119 按呢: án-ni, án-ne, 這樣、如此。
120 好玄: hònn-hiân, 好奇。
121 蓋: kài, 十分、非常。
122 坎站: khám-tsām, 地步、段落、程度、階段。
123 鬥陣: tàu-tīn, 一起、結伴、偕同。
124 綴: tuè, 跟、隨。

佇遮會當免費讀冊，雖罔[126]工錢無濟[127]，猶是
毋甘離開，一目瞤[128]，都也幾若年--矣。伊做
人忠厚，性地閣溫馴，這幾年內，佇農場真予
人呵咾[129]，連頭家嘛對伊愈來愈交重[130]，農場
的大細項工課攏交伊發落[131]。阿舅佇農場的時
間比家己[132]厝--裡較長，農場有寡較晏[133]來的
工人，煞掠準[134]講伊是頭家仔囝--咧。

　　有一工[135]，四舅轉--來，共外公講無欲閣
去農場--矣；問伊理由，千問都毋[136]講，干焦
講欲綴三兄去牽牛車。外公知影這个囝仔個性

---

[125] it 著：it-tiòh，看中、渴望、圖著。

[126] 雖罔：sui-bóng，雖然。

[127] 濟：tsē，多。

[128] 一目瞤：tsit-bàk-nih，一刹那、一瞬間、一眨眼。

[129] 呵咾：o-ló，讚美。

[130] 交重：kau-tiāng，看重、倚重。

[131] 發落：huat-lòh，料理、打點、打理、張羅。

[132] 家己：ka-kī、ka-tī，自己。

[133] 晏：uànn，晚、遲。

[134] 掠準：liàh-tsún，以為、誤以為。

[135] 有一工：ū tsit kang，有一天。

[136] 千…都毋…：sian… to m̄…，無論怎樣都不…。

強，講出就是話，嘛隨在[137]伊家己去主意[138]。

過兩工，農場的頭家煞親身來揣[139]--伊，講若
嫌錢傷[140]少，會使[141]起[142]，毋通[143]辭頭路[144]。
阿舅堅心講無欲去，佮工價懸[145]低無關係。頭
家共外公拜託，講逐个仝[146]姓兼仝桃仔內[147]--
的，在來[148]攏共伊當做家己的後生對待，食仝
桌飯，佮伊的囡仔讀仝款[149]冊，有啥代誌[150]攏
thìng好[151]參詳。外公一直會失禮[152]，講才寬寬

---

[137] 隨在：sûi-tsāi，聽憑、任由、任憑。

[138] 主意：tsú-ì，決定、做主。

[139] 揣：tshuē，找、尋找。

[140] 傷：siunn，太、過於。

[141] 會使：ē-sái，可以、能夠。

[142] 起：khí，上漲。

[143] 通：thang，可以。

[144] 辭頭路：sî thâu-lōo，辭職。

[145] 懸：kuân，高。

[146] 仝：kāng，相同。

[147] 桃仔內：thiāu-á-lāi，宗親、近親、族內。

[148] 在來：tsāi-lâi，向來。

[149] 仝款：kāng-khuán，一樣。

[150] 代誌：tāi-tsì，事情。

[151] thìng好：thìng-hó，可以，得以。

仔[153]勸--伊，請頭家莫[154]見怪。

第三工，四舅佮三舅出去共人捙[155]西瓜，無佇厝--裡，一个穿插[156]眞無全的小姐來厝--裡，講欲揣四舅，外公斟酌[157]看，才知是農場的千金，講是先生有教新的課程，分新的冊，提[158]來欲予阿舅。彼時外媽拄[159]咧[160]洗衫，伊煞跍[161]落去鬥洗，講欲等阿舅轉--來。外公就感覺憢疑[162]，四舅牽牛入--來，看著小姐，面煞紅紅，共牛縛[163]佇厝角的柱仔邊，就招去外口[164]--矣。

---

[152] 會失禮：huē sit-lé，道歉、賠罪。

[153] 寬寬仔：khuann-khuann-á，慢慢地。

[154] 莫：mài，勿、別、不要。

[155] 捙：tshia，以車子搬運東西。

[156] 穿插：tshīng-tshah，穿著。

[157] 斟酌：tsim-tsiok，仔細、注意、小心。

[158] 提：thèh，拿。

[159] 拄：tú，剛、方才。

[160] 咧：teh，在、正在。

[161] 跍：khû，蹲。

[162] 憢疑：giâu-gî，猜疑。

[163] 縛：pảk，綁。

外公佮外媽真煩惱，看範勢[165]，兩个敢若[166]有咧行[167]的形[168]，外媽講雙方面的戶樣[169]差遐懸，按呢袂使[170]。外公想較斟酌，伊講互相攏姓鐘，是無一定全桃仔內，總--是全姓就袂使做親情[171]，這無共 in[172]擋--一-下，早慢[173]會出代誌。

彼工，一直到食暗飽[174]四舅才家己轉--來，外公當眾後生的面前共伊叫--來，問伊是毋是有佮人濫糝[175]來，對方是有錢有勢的人，

---

164 外口: guā-kháu, 外面。

165 範勢: pān-sè, 樣子、局面、局勢、形勢、情形、情況、情勢。

166 敢若: kánn-ná、ká-ná、kán-ná, 好像。

167 行: kiânn, 走, 此指交往。

168 形: hîng, 樣子、模樣、形狀。

169 戶樣: hōo-tīng, 門檻。

170 袂使: bē-sái, 不可以。

171 做親情: tsò tshin-tsiânn, 說媒、作媒、提親。

172 in: 他們; 第三人稱所有格, 他的。

173 早慢: tsá-bān, 早晚、終究、遲早。

174 食暗飽: tsiàh-àm-pá, 晚飯吃飽後。

175 濫糝: lām-sám, 隨便、胡亂來。

是頭家，閣是平平[176]姓鐘--的，咱褪赤跤[177]--的佝[178]人穿皮鞋--的袂起。四舅講是外公誤會，小姐佮伊就敢若外口人咧講的同窗關係按呢，佇學業上相稽考相勉勵，毋是外公所想--的按呢。

　　差不多半年，四舅攏無閣去農場，頭家大概嘛準拄好[179]--矣，就無閣來招伊去鬥跤手[180]。四舅駛牛車的時，手--裡隨時攏紮[181]冊咧看，普通時面仔結結[182]，佮人無話無句[183]，嘛無人知伊咧想啥。有一擺，一台坐日本人的烏頭仔車[184]牢佇溪底，四舅用牛車共伊鬥拖--起來，彼日本人看四舅手--裡彼[185]本冊，用日

---

[176] 平平: pînn-pînn，一樣、同樣。
[177] 褪赤跤: thǹg tshiah-kha，打赤腳。
[178] 佝: thīn，支持、推舉，此指婚配。
[179] 準拄好: tsún-tú-hó，算了。
[180] 鬥跤手: tàu kha-tshiú，幫忙。
[181] 紮: tsah，攜帶。
[182] 面仔結結: bīn-á kat-kat，眉頭深鎖。
[183] 無話無句: bô-uē-bô-kù，沉默寡言、不發一語。
[184] 烏頭仔車: oo-thâu-á-tshia，私人轎車。

本話問--伊，四舅嘛用全款話佮伊講，兩个人煞佇對岸的西螺岸邊坐佇塗跤開講[186]一晡[187]。尾--仔，三舅問 in 是講啥，才講是彼个日本人是一个文學家，佮伊討論文學的代誌。對庄跤人來講，這是真稀奇--的。總--是[188]，四舅是一个牽牛車的文明人。

代誌就發生佇有人欲共農場的小姐做媒人，小姐毋嫁，in老爸逼伊講年歲也有--矣，對方閣真四配[189]，哪會毋嫁，敢家己有啥拍算[190]。查某囝較好膽[191]，講欲嫁阮四舅。這是真嚴重的代誌，身份無合--無-打-緊[192]，全姓--的佇彼時的社會是絕對無可能婚配。頭家來質問四舅，罵伊忘恩背義，食人的頭路煞拐人

---

185 彼：hit，那。
186 開講：khai-káng，聊天、閒聊。
187 一晡：tsit poo，半天。
188 總--是：tsóng--sī，不過。
189 四配：sù-phuè，相匹配。
190 拍算：phah-sǹg，打算、計劃、準備。
191 好膽：hó-tánn，大膽。
192 --無-打-緊：--bô-tánn-kín，不要緊、沒關係。

的查某囝，袂輸飼鳥鼠咬布袋[193]--咧，對鐘--
家的祖先看欲按怎交代。四舅恬恬[194]攏無應[195]
甲[196]一句話，頭犁犁[197]據在[198]人罵。頭家欲走
的時，放一句話講：

「若欲娶阮查某囝，聽候[199]濁水溪水反清
才來佮我講！」

熱--人[200]厚[201]風颱，彼年做大水[202]，對頂
游流落來真濟物件，連眠床嘛浮佇溪--裡，上
濟--的是山頂的大欉[203]樹仔，予風颱薅[204]--起-

---

[193] 飼鳥鼠咬布袋：tshī niáu-tshí kā pòo-tē，養虎為患。
[194] 恬恬：tiām-tiām，安靜、沉默、默默。
[195] 應：ìn，回答、應答。
[196] 甲：kah，用在動詞或形容詞與副詞間，表示所達到的
結果或程度。
[197] 頭犁犁：thâu lê-lê，頭低低的。
[198] 據在：kù-tsāi，任由、任憑。
[199] 聽候：thìng-hāu，等待、等候。
[200] 熱--人：juáh--lâng，夏天。
[201] 厚：kāu，指抽象不可數的「多」。
[202] 做大水：tsò-tuā-tsúi，水災、水患、氾濫。
[203] 欉：tsâng，計算植株的單位。
[204] 薅：khau，連根拔起。

來，大杉流--落-來，沿溪的人攏去勾大柴，眞
濟木材攏是眞有價值--的。四舅嘛用勾仔鬥[205]
粗索仔[206]佮人咧抾[207]大柴，雄雄[208]一箍[209]足大
叢的 hi-nóo-khih[210] 流--來，四舅勾--著，水眞
掣流[211]，人佮水咧拚力[212]。結局，四舅就予大
杉拖落去濁水溪，死體[213]轉--來的時，伊的面
閣咧出力的款勢[214]。

有人佇四舅邊--仔，看範勢毋好，叫四舅
放手，閣欲共四舅的手剝離開大索，毋過四舅
手拎[215]足[216]絚[217]，目睭睨 òo-òo[218]，叫人莫插

---

[205] 鬥: tàu, 裝上、組合。

[206] 索仔: soh-á, 繩子。

[207] 抾: khioh, 拾取、撿取。

[208] 雄雄: hiông-hiông, 突然間、猛然、驀地。

[209] 箍: khoo, 圓形或環形的塊狀物品。

[210] hi-nóo-khih：黃檜。

[211] 掣流: tshuah-lâu, 湍急、激流、急流。

[212] 拚力: piànn-làt 較勁。

[213] 死體: sí-thé, 屍體。

[214] 款勢: khuán-sè, 樣子、姿態、情勢、架勢。

[215] 拎: gīm, 緊握在手中。

[216] 足: tsiok, 非常。

手，彼時，若無放手，凡勢嘛會綴四舅予大水
捲--去，in講四舅敢若毋是 it 著大柴毋甘放，
是咧揣死的款。

風颱大水了，西螺溪的水變甲眞清氣[219]，
袂輸彼場大水是天公伯--仔專工欲來洗盪人間
的穢涗[220]，還天地一个清氣相。佇溪仔底作
穡的工人看著敢若有啥物件佇水--裡，蹺倚[221]
去看斟酌，是農場的小姐。彼時水眞淺，無可
能會淹--死-人，定著[222]是決心欲揣死，專工共
頭殼駐[223]佇水--裡。

事後，有風聲傳--出-來，講醫生驗屍發現
彼个小姐有身[224]三個月--矣。當然，這嘛無眞

---

[217] 絪：ân，緊。
[218] 睨òo-òo：gîn òo-òo，瞪眼。
[219] 清氣：tshing-khì，乾淨。
[220] 穢涗：uè-suè，污穢。
[221] 倚：uá，靠近。
[222] 定著：tiānn-tiòh，必定、一定、肯定。
[223] 駐：tū，用力下壓並停留一下的動作。
[224] 有身：ū-sin，懷孕。

確實，醫生是農場頭家的朋友，話袂清彩[225]共
人講。

阮四舅欲出山[226]的時，農場頭家有來，伊
共外公講欲共兩个少年人埋做伙[227]，所有喪事
攏伊欲發落。外公也無意見，無人怨嘆啥，這
是各人的命，欲怨就怨 in 無應該出世佇姓鐘的
家庭。

閣來長長的日子，溪邊的人無閣[228]用溪水
的清佮濁做咒誓[229]，天地的代誌毋是人會當撨
tshik[230]--的。總--是，濁濁的大水欲奪阮彼个我
毋捌看--過的四舅的命嘛著伊家己歡喜甘願。
清清的淺水也袂當阻擋彼个小姐的決志。濁水
反清清水濁真正的意思就是按呢。

---

[225] 清彩：tshìn-tshái，隨便、胡亂。
[226] 出山：tshut-suann，出殯。
[227] 做伙：tsò-hué，一起。
[228] 無閣：bô koh，不再。
[229] 咒誓：tsiù-tsuā，立誓、起誓、發誓。
[230] 撨 tshik：處理、幹旋、磋商、調度、安排配置。

再會，故鄉的戀夢

　　故鄉，作家用詩歌、文學作品一直咧[1]心悶[2]--伊[3]，音樂者譜思鄉的樂章，藝術者用彩筆畫伊牽牽纏纏對故鄉的情愁。故鄉是人類上[4]根本的戀夢，無戀愛--過的人，嘛[5]有故鄉佇[6]無眠[7]的暗暝[8]予[9]伊通[10]思戀。人類的記智[11]

---

[1] 咧: teh, 在。
[2] 心悶: sim-būn, 思念、想念。
[3] 伊: i, 他、她、牠、它, 第三人稱單數代名詞。
[4] 上: siōng, 最。
[5] 嘛: mā, 也。
[6] 佇: tī, 在。
[7] 無眠: bô bîn, 失眠。
[8] 暗暝: àm-mî, 晚上。
[9] 予: hōo, 讓; 給予; 被。
[10] 通: thang, 可以。
[11] 記智: kì-tì, 記憶、記性。

毋是[12]眞好，毋過[13]欲[14]共[15]故鄉放予袂記--得[16]，是眞僫[17]--的。

阿瑞--仔較早[18]讀大學捌[19]佮[20]我修過仝[21]一種課，尾--仔[22]閣[23]搪--著[24]，佮我閣開始有咧來去[25]，伊是宜蘭人，講話酸酸軟軟(suinn-suinn núi-núi)彼款[26]--的，照講[27]離台北無蓋[28]遠，毋

---

[12] 毋是: m̄ sī, 不是。

[13] 毋過: m̄-koh, 不過、但是。

[14] 欲: beh, 要、想, 表示意願; 將要、快要。

[15] 共: kā, 把、將; 幫; 跟、向; 給。

[16] 袂記 -- 得: bē kì--tit, 忘記、遺忘。

[17] 僫: oh, 困難。

[18] 較早: khah-tsá, 以前。

[19] 捌: bat, 曾。

[20] 佮: kap, 和、與。

[21] 仝: kāng, 相同。

[22] 尾 -- 仔: bué--á, 最後、後來。

[23] 閣: koh, 又。

[24] 搪 -- 著: tn̄g--tiȯh, 不期而遇、遇到。

[25] 來去: lâi-khì, 來往、往來。

[26] 彼款: hit-khuán, 那種。

[27] 照講: tsiàu-kóng, 照說、按理說。

[28] 蓋: kài, 十分、非常。

過伊自離鄉了後[29]，就毋捌閣倒轉[30]--過，予鄉愁牽掛二十外年[31]，最近共我講決定欲轉去[32]行--一-逝[33]，問我愛攢[34]啥物[35]。我講對久年無返鄉的人來講，上好的等路[36]就是紮[37]一塊思念故鄉的戀歌，沿路唱予家己[38]聽。這个[39]離鄉的故事是阿瑞講予我聽--的。

　　我讀的國中離阮[40]兜[41]行路[42]免二十分鐘久，我上愛佇放學的時陣[43]佮坤--仔做伴行田

---

[29] 了後：liáu-āu，之後。

[30] 倒轉：tò-tńg，回去、返回。

[31] 二十外年：jī-tsa̍p guā nî，二十多年。

[32] 轉去：tńg-khì，回去。

[33] 行 -- 一 - 逝：kiânn--tsi̍t-tsuā，走一趟。

[34] 攢：tshuân，準備。

[35] 啥物：siánn-mih，什麼。

[36] 等路：tán-lōo，拜訪時，客人送的禮物。

[37] 紮：tsah，攜帶。

[38] 家己：ka-kī、ka-tī，自己。

[39] 个：ê，個。

[40] 阮：guán，第一人稱所有格；我們，不包括聽話者。

[41] 兜：tau，家。

[42] 行路：kiânn-lōo，走路。

[43] 時陣：sî-tsūn，時候。

邊的路仔轉--來，欲暗仔[44]時的風對[45]蘭陽溪
彼爿[46]吹--來，袂[47]寒干焦[48]予人感覺清爽，連
勾頭[49]當[50]結膭[51]的稻仔嘛綴[52]咧跳舞，有時會
有野兔對田--裡從--出-來[53]，阮就一直逐[54]，
毋過攏[55]掠伊袂著[56]。這時阮會那行那[57]唱歌，
彼陣[58]阮干焦會曉唱寡[59]囡仔[60]的唸歌，親像[61]

---

[44]　欲暗仔：beh-àm-á，黃昏。

[45]　對：tuì、uì，從、由。

[46]　彼爿：hit-pîng，那邊。

[47]　袂：bē，不會。

[48]　干焦：kan-tann，只有、僅僅。

[49]　勾頭：低頭。

[50]　當：tng，正值、正逢。

[51]　結膭：kiat-kūi，稻實由漿變硬。

[52]　綴：tuè，跟、隨。

[53]　從 -- 出 - 來：tsông--tshut-lâi，慌亂跑出來。

[54]　逐：jiok，追趕。

[55]　攏：lóng，都。

[56]　掠伊袂著：liàh i bē tiòh，抓不到牠。

[57]　那……那…… ：ná…… ná……，一邊……一邊
　　……。

[58]　彼陣：hit-tsūn，那時候。

[59]　寡：kuá，一些、若干。

「白鴿鷥[62]捙[63]畚箕，捙到溝仔墘[64]」抑是[65]
「ué, ué, ué, 台灣出甜粿，甜粿眞好食，台
灣出柴屐」這款[66]--的，閣有時仔阮會比賽，
對出校門無偌遠[67]欲到田岸仔路[68]進前[69]彼[70]條
圳溝開始， 走[71]到阮庄前彼條溝仔頂的枋仔[72]
橋， 講是比賽， 毋過阮攏無認眞走， 橫直[73]走
贏也無啥意思， 那走會那起跤動手[74]， 相摸[75]

60　囡仔：gín-á，小孩子。

61　親像：tshin-tshiūnn，好像、好比。

62　白鴿鷥：pe̍h-līng-si，白鷺鷥。

63　捙：tshia，以車子搬運東西。

64　墘：kînn，邊緣。

65　抑是：iah-sī，或是。

66　這款：tsit-khuán，這種。

67　無偌遠：bô juā hn̄g，沒多遠。

68　田岸仔路：tshân-huānn-á-lōo，田埂。

69　進前：tsìn-tsîng，之前。

70　彼：hit，那。

71　走：tsáu，跑。

72　枋仔：pang-á，木板。

73　橫直：huînn-tit，反正。

74　起跤動手：khí-kha-tāng-tshiú，動手動腳、拳腳相向。

75　摸：giú，拉、拉扯。

相春[76]，嘛毋是真正的冤家[77]相拍[78]，就是變要笑[79]按呢[80]，日子過了無真心適[81]，毋過嘛袂bái[82]。

國中二年的下學期，Hisu 轉來阮學校，伊是 Hua-lian 的原住民，無老爸，老母嫁予阮庄--裡的旺叔--仔，算綴轎後來--的。伊有一个漢名，毋過我普通時仔就叫伊 Hisu，這陣[83]煞[84]袂記得另外彼个名。彼陣寒--人[85]猶未[86]過，田岸邊的草仔芷芷[87]青青，有細細蕊仔[88]黃黃的

76　相春: sio-tsing, 打架, 以拳頭互毆。

77　冤家: uan-ke, 吵架、爭吵。

78　相拍: sio-phah, 打架, 互相鬥毆。

79　要笑: sńg-tshiò, 嬉笑、玩笑、鬧著玩。

80　按呢: án-ni、án-ne, 這樣、如此。

81　心適: sim-sik, 有趣、風趣、愉快、開心。

82　袂 bái: bē bái, 不錯。

83　這陣: tsit-tsūn, 這時候。

84　煞: suah, 竟然。

85　寒 -- 人: kuânn--lâng, 冬天。

86　猶未: iáu-buē, 還沒。

87　芷: tsínn, 嫩、細嫩。

88　細細蕊仔: sè-sè lúi-á, 小小朵的。

花仔濫[89]佇內底[90]，毋驚[91]寒的蝶仔囝[92]出來學
飛，大概技術無蓋好，姿勢柴柴[93]。阮三个學
生囡仔嘛那行那迌迌[94]，Hisu 真 gâu[95]唱歌，伊
唱--的我聽無，有當時仔[96]我會問--伊，講是
「I-ná的歌」，就是唱予阿母的歌，講 I-ná 的
Vugus 長長，Mata 烏烏[97]，愛食 Ichup，毋過攏
會煮好食的 Manavi。彼時我有綴伊學寡 in 的
話，這陣攏袂記--得-矣[98]，干焦記一寡[99]較四
常[100]--的，Vugus 是頭鬃[101]，Mata 是目睭[102]，

---

[89] 濫: lām, 參雜、混合、混雜。

[90] 內底: lāi-té, 裡面。

[91] 毋驚: m̄ kiann, 不怕。

[92] 蝶仔囝: iȧh-á-kiánn, 小蝴蝶。

[93] 柴柴: tshâ-tshâ, 木然、生硬、呆滯。

[94] 迌迌: tshit-thô, 玩、遊玩。

[95] gâu: 善於、能幹。

[96] 有當時仔: ū-tang-sî-á, 偶爾、有時候。

[97] 烏: oo, 黑。

[98] 矣: ah, 語尾助詞, 表示動作完成。

[99] 一寡: tsit-kuá, 一些。

[100] 四常: sù-siông, 平常、常常、時常、經常。

Ichup 就是檳榔，Manavi 講是食暗[103]。

　　我猶[104]會記得 Hisu 佇圳溝邊的草埔仔[105]頂教阮跳舞，學校嘛有教跳舞，比--起-來，先生教--的真無心適，干焦綴音樂徙[106]跤步[107]，有--是手佇頭殼頂搖--一-下 niâ[108]，Hisu 教的舞身軀愛綴咧搖綴咧扭[109]。起先，我佮坤--仔袂慣勢[110]，無愛跳，伊就家己跳，按呢嘛跳甲[111]真歡喜，無偌久[112]，嘛毋知按怎[113]，阮兩个就

---

[101] 頭鬃: thâu-tsang, 頭髮。

[102] 目睭: ba̍k-tsiu, 眼睛。

[103] 食暗: tsia̍h-àm, 吃晚餐。

[104] 猶: iáu, 還。

[105] 草埔仔: tsháu-poo-á, 草地、草坪、草原。

[106] 徙: suá, 遷移、移動。

[107] 跤步: kha-pōo, 腳步。

[108] niâ: 而已。

[109] 扭: niú, 扭動、轉動。

[110] 袂慣勢: bē kuàn-sì, 不習慣。

[111] 甲: kah, 得, 用在動詞或形容詞與副詞間, 表示所達到的結果或程度。

[112] 無偌久: bô juā kú, 沒多久。

[113] 按怎: án-tsuánn, 怎麼樣。

綴伊跳--起-來-矣。阮三个放學做伙[114]轉--去，
我佮坤--仔仝款[115]會走相逐[116]，伊就做裁判，
贏的人，伊會賞一頂用花草編的帽仔，伊講彼
款帽仔著愛[117]勇士才有資格通戴，走 pio[118] 贏
--的嘛是勇士。若講勇士，坤--仔的漢草[119]比
我較好，在來[120]佇學校，我成績攏保持上好--
的，干焦體育輸坤--仔，伊成績嘛袂 bái，精
差[121]個性放放[122]，愛拍球[123]、走跳，無全心讀
冊。阮兩个佇學校是眾人攏知的好朋友，捌
有同學講我的尻川後[124]話，講我 gâu 讀冊就囂

---

[114] 做伙：tsò-hué，一起。
[115] 仝款：kāng-khuán，一樣。
[116] 走相逐：tsáu-sio-jiok，追逐、賽跑。
[117] 著愛：tio̍h-ài，得。
[118] 走 pio：tsáu-pio，賽跑。
[119] 漢草：hàn-tsháu，體格、塊頭、身材。
[120] 在來：tsāi-lâi，向來。
[121] 精差：tsing-tsha，差別、差異、不同、出入。
[122] 放放：hòng-hòng，散漫、粗心、心不在焉。
[123] 拍球：phah-kiû，打球。
[124] 尻川後：kha-tshng-āu，背後、後面。

俳[125]，予坤--仔聽--著，揣[126]伊欲冤家，講我
毋是囂俳的人，毋通[127]冊讀輸--人就烏白[128]生
話。我個性真無愛佮人冤家 phah 不睦[129]，嘛
袂有人欲共[130]--我，若欲講「勇士」，坤--仔
才有夠格。雖罔[131]是按呢，我猶是真 gâu 走，
若比走較緊，我袂輸--伊，比走久--的，我毋
是對手。我做勇士戴花草帽仔的機會比坤--仔
較濟[132]，有時仔我會放讓伊贏。

　　Hisu in I-ná 嫁予旺叔--仔人講是用錢買--
的，旺叔--仔提[133]二十萬予 in I-ná 還債務，
庄內人攏講旺叔--仔用錢買番仔，我真氣，學
校老師有教--過，愛講「原住民」，叫人「番

125　囂俳: hiau-pai，自大、神氣、囂張、招搖、炫耀。
126　揣: tshuē，找。
127　毋通: m̄-thang，不可以。
128　烏白: oo-pe̍h，亂來、隨便。
129　phah 不睦: phah put-bo̍k，感情不和諧、相處不融洽。
130　共: kāng，欺負、搔擾、逗弄、戲弄。
131　雖罔: sui-bóng，雖然。
132　濟: tsē，多。
133　提: the̍h，拿。

仔」是真無禮貌、真野蠻--的，叫人「番仔」
--的，家己才是番仔，Hisu 挂[134]來阮這班的
時，老師閣特別交帶，講「原住民」是台灣佇
藝術上真有成就的民族，叫阮愛愛護 Hisu，閣
講阮蹛[135]宜蘭的人，大部分嘛攏是平埔的原住
民，古早[136]叫做「Gabalan」。阮兜的序大人[137]
講彼[138]是老師烏白講--的，阮攏是漢人，毋是
番仔。我毋知 siáng[139] 講了較著[140]，毋過 Hisu
是原住民，我煞較愛做原住民。

旺叔--仔愛啉[141]燒酒是通[142]庄攏知--的，
前--仔[143]彼个某[144]就是氣伊啉燒酒，尾--仔

---

[134] 挂：tú，剛、方才。

[135] 蹛：tuà，居住。

[136] 古早：kóo-tsá，從前、昔日、從前。

[137] 序大人：sī-tuā-lâng，父母、雙親、長輩。

[138] 彼：he，那個。

[139] siáng：誰、甚麼人。

[140] 著：tióh，對。

[141] 啉：lim，喝、飲。

[142] 通：thong，所有的、全部的。

[143] 前--仔：tsîng--á，前面那一個。

[144] 某：bóo，妻子、太太。

聽講佮坤--仔 in 阿爸有關係，佮旺叔--仔離婚
走--去-的，到今兩个猶結死冤[145]無講話。娶這
个某了後，工課[146]猶原放予 Hisu 佮 in I-ná，無
論田--裡抑是厝--裡[147]-的。本底[148]我聽人講原
住民興[149]燒酒、貧惰[150]兼荏懶[151]，看--起-來煞
倒反[152]。有一个禮拜日，我功課寫了，阿爸喊
我牽牛去圳溝 kō 浴[153]，想著旺叔的田就佇向
東閣行差不多十分鐘久 niâ，這陣 Hisu 應該佮
in I-ná 佇田--裡，就共牛索仔[154]箍[155]佇溝仔墘

---

[145] 結死冤：kiat sí-uan，結下世仇、宿仇、深仇大恨。
[146] 工課：khang-khuè，工作。「功課」的白話音。
[147] 厝 -- 裡：tshù--lí、tshù--nih，家裡。
[148] 本底：pún-té，本來、原本。
[149] 興：hìng，喜好、喜歡、嗜好、愛好。
[150] 貧惰：pîn-tuānn、pûn-tuānn、pân-tuānn、pān-tuānn，懶
惰、怠惰、偷懶。
[151] 荏懶：lám-nuā，懶惰、懶散、邋遢、不修邊幅。
[152] 倒反：tò-píng，相反。
[153] kō 浴：kō-ik，在水溝翻轉浸水。
[154] 索仔：soh-á，繩子。
[155] 箍：khoo，繞、環繞、圍繞。

的一支杙仔[156]，放伊家己佇遐[157]耍水[158]。有影[159]
Hisu 佮 in I-ná 佇田--裡薅[160]稗仔[161]，四--月的
日頭也有寡熱--矣，三个人攏戴笠仔[162]，我
想講今仔日旺叔--仔哪會[163]遐[164]骨力[165]，也會
來鬥[166]作，行倚[167]看一下真，才知是坤--仔，
伊會來共 Hisu 鬥作穡[168]毋是啥物佇意外的代
誌[169]，精差我家己顧讀冊，無較早想著愛來鬥
相共[170] niâ。坤--仔講 in 阿爸對旺叔--仔感覺

---

156 杙仔: khit-á, 栓繫獸類或車船用的小木樁。
157 遐: hia, 那裡。
158 耍水: sńg-tsúi, 玩水、戲水。
159 有影: ū-iánn, 的確、真的、真有其事。
160 薅: khau, 連根拔起。
161 稗仔: phuē-á, 稗子, 田間雜草, 外形似水稻。
162 笠仔: lèh-á, 斗笠。
163 哪會: nah-ē, 怎麼會。
164 遐: hiah, 那麼。
165 骨力: kut-làt, 努力。
166 鬥: tàu, 幫忙。
167 倚: uá, 靠近。
168 作穡: tsoh-sit, 種田。
169 代誌: tāi-tsì, 事情。
170 鬥相共: tàu-sann-kāng, 幫忙、幫助、協助。

歹勢[171],無反對伊來鬥跤手[172],驚影響我的功
課,毋敢招[173]--我,橫直伊成績也無啥蓋好,
加減[174]共 in 做寡工課,看旺叔--仔會較袂氣 in
老爸--袂,嘛較肯予 Hisu 繼續讀冊。我講若有
時間嘛會來鬥跤手。

彼工[175]我轉去到圳溝仔邊,煞揣無我的
牛犅[176],我索仔應該有絚絚[177]箍佇杙仔頂,哪
會牛會走--去?敢講[178]予人偷牽--去?應該
是袂--啦,自來[179]阮遮風氣真好,罕得[180]聽講
有人著賊偷[181]。我沿圳溝一直揣--落-去[182],下

---

[171] 歹勢: pháinn-sè,不好意思。

[172] 鬥跤手: tàu kha-tshiú,幫忙。

[173] 招: tsio,邀。

[174] 加減: ke-kiám,多多少少。

[175] 彼工: hit-kang,那一天。

[176] 牛犅: gû-káng,公牛。

[177] 絚絚: ân-ân,緊緊。

[178] 敢講: kám-kóng,難道。

[179] 自來: tsū-lâi,從來。

[180] 罕得: hán-tit,難得、少有。

[181] 著賊偷: tio̍h-tsha̍t-thau,失竊、被竊、遭小偷。

[182] --落-去: --lo̍h-khì,下去。

流嘛有牛咧 kō 浴，毋過攏毋是阮兜彼隻。我 phàng 見[183]牛--矣，這聲[184]穩[185]予阿爸拍--死，若揣無牛，我毋敢轉--去，就去覕[186]佇竹林內一个予草仔圍--起-來的磅空[187]內，哭予家己聽，哭甲忝[188]，我就睏--去-矣[189]。我會記得敢若[190]有做眠夢[191]，夢見啥物我就袂記--得-矣，彼是二十幾年前的代誌--矣，干焦知影[192]目睭褫金[193]，就看著坤--仔，彼个磅空是我佮伊發現--的，阮有藏迫迌物仔[194]佇遮。厝--裡的人

---

[183] phàng 見：phàng-kìnn，拍毋見 (phah-m̄-kìnn) 的合音，丟掉、遺失。

[184] 這聲：tsit-siann，這下子、這一回。

[185] 穩：ún，一定。

[186] 覕：bih，躲藏、隱藏、藏匿。

[187] 磅空：pōng-khang，隧道。

[188] 忝：thiám，累、疲倦。

[189] 睏 -- 去 - 矣：khùn--khì-ah，睡著了。

[190] 敢若：ká-ná、kánn-ná、kán-ná，好像。

[191] 做眠夢：tsò bîn-bāng，做夢。

[192] 知影：tsai-iánn，知道。

[193] 目睭褫金：ba̍k-tsiu thí-kim，睜開眼睛。

[194] 迫迌物仔：tshit-thô-mih-á，玩具。

揣無我，去坤--仔 in 兜探，就知通揣對遮來--
矣。牛根本無 phàng 見，阮阿爸去巡田水，看
著牛就共牽--轉-來，害我毋敢轉去厝--裡。我
捌想--過，若欲叫 Hisu 選，伊較愛佮我鬥陣[195]
抑是坤--仔？這款問題是無公道--的，親像叫
我選看較愛阮老爸抑是老母全款，欲按怎選？
In 兩个攏是我性命中真重要的人，我無法度忍
受失去其中一个，我嘛無欲佮坤--仔競爭，個
人去得著 Hisu 的感情，毋才[196]走 pio 的時，阮
會互相相讓，比較上，我感覺 Hisu 對我比坤--
仔較好，三个人鬥陣的時，伊敢若佮我較有話
講。定定[197]上課的時陣，伊會越頭[198]對我笑--
一-下，我感覺面[199]燒燒，精神做一下[200]好--起-
來。你講這是毋是咧戀愛？彼是我國中二年尾

---

195 鬥陣：tàu-tīn，一起、結伴、偕同。

196 毋才：m̄-tsiah，才。

197 定定：tiānn-tiānn，常常。

198 越頭：uát-thâu，回頭。

199 面：bīn，臉。

200 做一下：tsò tsit ē，一口氣、整個地。

的時陣，應該是十五歲的囡仔，敢[201]知影通佮人戀愛？

　　我捌共厝--裡講欲去共旺叔--仔鬥做工課，去予阿爸罵，講家己厝--裡都咧欠跤手，若欲做袂做厝--裡-的。阮兜重視教育，大兄大學畢業了後留佇台北食頭路[202]，我是屘仔囝[203]，讀有冊，才會毋甘[204]予我落田[205]作穡，哪有閒工去做別人的工課。歇熱的時，一半擺仔[206]，我會趁牽牛去食草抑是 kō 浴的時陣，趨去[207]田--裡揣--in，加減鬥相共--寡。坤--仔真捷[208]去，我想講旺叔--仔一定無遏氣坤--仔 in 阿爸--矣。佮 in 做工課嘛真心適，Hisu in I-ná 比伊較 gâu 唱歌，無論偌艱苦的穡頭[209]，in

---

[201] 敢：kám，疑問副詞，提問問句。

[202] 食頭路：tsiàh thâu-lōo，上班、就業。

[203] 屘仔囝：ban-á-kiánn，小兒子、老么。

[204] 毋甘：m̄-kam，捨不得、不忍。

[205] 落田：lòh-tshân，下田。

[206] 一半擺仔：tsit-puànn-pái-á，一兩次。

[207] 趨去：tshu-khì，溜去。

[208] 真捷：tsin tsiàp，很常。

攏那做那唱歌，敢若世間無啥通煩惱--的，莫
怪[210]坤--仔遐興來，做袂癮[211]，精差我攏隨[212]
予人叫--轉-去。

有一个咱人[213]七月半過了的欲暗仔時，
坤--仔佮 Hisu 來揣--我，兩个煞面憂面結[214]，
講有代誌欲佮我參詳[215]。坤--仔講我是 in 兩
个上好的朋友，才會來求--我。阮覕佇彼个竹
林的磅空內講，Hisu 有身[216]--矣，旺叔--仔知
影這个代誌，氣甲怫怫跳[217]，講定著[218]閣是坤
--仔，in 爸仔囝欺負伊旺--仔過頭，一个要 in
某，一个連 in 未成年的查某囝嘛敢，講欲揣坤

---

209 穡頭：sit-thâu，工作、稼穡。
210 莫怪：bo̍k-kuài，難怪、怪不得、無怪乎。
211 癮：siān，厭倦、厭煩、膩；疲倦、疲憊。
212 隨：sûi，立刻、立即。
213 咱人：lán-lâng，農曆、陰曆。
214 面憂面結：bīn iu bīn kat，愁容滿面、愁眉苦臉。
215 參詳：tsham-siông，商量、磋商、洽商。
216 有身：ū-sin，懷孕、有喜。
217 怫怫跳：phut-phut-thiàu，暴跳如雷。
218 定著：tiānn-tio̍h，必定、一定、肯定。

--仔 in 老爸算數[219]，嘛欲告坤--仔，這條罪真重。一時 Hisu 佮 in I-ná 勸伊袂翻車[220]，閣驚代誌舞[221]大條[222]，臨時騙講是佮我有的囡仔。旺叔--仔有欠阮兜人情，真尊重阮阿爸，按呢講伊才袂掠狂[223]。

我心肝內[224]空空，天地攏無仝[225]--矣，我知影，我一直攏知影，我是咧騙家己，彼工我 phàng 見牛無想欲轉--來，毋是為著[226]牛，是心肝內知影 in 的關係比我較親近咧艱苦。Hisu 佮我講較濟話是伊佮坤--仔根本好甲免講話互相就了解--矣。我當然答應，我欲按怎拒絕？我上好[227]的朋友佮我內心意愛[228]的人。In 講我

---

[219] 算數: sǹg-siàu，算帳。
[220] 翻車: huan-tshia，省悟、醒悟。
[221] 舞: bú，折騰、忙著做某件事。
[222] 代誌大條: tāi-tsì tuā-tiâu，事態嚴重、事情不妙。
[223] 掠狂: liàh-kông，抓狂、發狂、歇斯底里。
[224] 心肝內: sim-kuann-lāi，內心。
[225] 無仝: bô kâng，不一樣。
[226] 為著: ūi-tiòh，為了。
[227] 上好: siōng hó，最好。

會使共厝--裡講實話，莫[229]予旺叔--仔知就好。欲做好漢就做較婿氣[230]--咧[231]，我連阿爸都無解說，誤會就誤會，這一切對我來講，攏無啥意義--矣。庄--裡佮學校攏蹛袂落--去，我辦轉學去台北倚大兄，就無閣轉去宜蘭，按呢二十幾年--矣，愈久就愈毋敢轉--去。

是--啦，這擺[232]的返鄉，對我有真大的意義，我毋知坤--仔佮 Hisu 尾--仔變按怎，嘛無想欲知。我干焦會當紮一塊少年時代失落--去的戀歌做等路沿路唱--轉-去，再會，故鄉的戀夢！

---

[228] 意愛：ì-ài，喜愛、愛慕、愛戀。

[229] 莫：mài，勿、別、不要。

[230] 婿氣：súi-khùi，事情做得完美到令人激賞稱讚。

[231] --咧：--leh，置於句末，用以加強語氣。

[232] 擺：pái，次，計算次數的單位。

顧口--的佮辯士[1]

人生有眞濟[2]代誌[3]予[4]咱[5]袂[6]按算[7]--得，原本我毋是[8]欲[9]做作家--的，尾--仔[10]，時代變遷，囡仔時我所夢想--的，煞[11]袂當[12]實現，毋

---

[1] 辯士：piān-sū，在無聲電影的時代，放映時有一人於機房，說明劇情和臺詞，稱之爲「辯士」。

[2] 濟：tsē，多。

[3] 代誌：tāi-tsì，事情。

[4] 予：hōo，讓；給予；被。

[5] 咱：lán，我們，包括聽話者。

[6] 袂：bē，不能。

[7] 按算：àn-sǹg，預期、料想、估量、估計、打算。

[8] 毋是：m̄ sī，不是。

[9] 欲：beh，要、想，表示意願；將要、快要。

[10] 尾 -- 仔：bué--á，最後、後來。

[11] 煞：suah，竟然。

[12] 袂當：bē-tàng，不能、不可以。

過[13]到這陣[14]倒轉[15]去想，嘛[16]心適[17]心適。我細漢[18]就講話袂清楚，大舌[19]閣[20]興[21]喋[22]，應該毋是口才倄利[23]的跤數[24]，想袂到這時會佇[25]電台做節目，講--來佮[26]我囡仔時代[27]去學欲[28]做辯士，所受的訓練有關係。

　　我出世的庄跤[29]真散赤[30]，人類所有的向

13　毋過：m̄-koh，不過、但是。

14　這陣：tsit-tsūn，這時候。

15　倒轉：tò-tńg，回頭、回去、返回。

16　嘛：mā，也。

17　心適：sim-sik，有趣、風趣、愉快、開心。

18　細漢：小時候；年幼。

19　大舌：tuā-tsih，結巴、口吃。

20　閣：koh，又。

21　興：hìng，喜好、喜歡。

22　喋：thih，愛說話、多言。

23　口才倄利：kháu-tsâi juā lāi，口才多犀利。

24　跤數：kha-siàu，角色、傢伙；有輕蔑、看不起、藐視的意味存在。

25　佇：tī，在。

26　佮：kap，和、與。

27　囡仔時代：gín-á sî-tāi，小時候、童年。

28　欲：beh，要、想，表示意願；將要、快要。

望[31]攏[32]佇塗--裡[33]，反塗[34]揣食[35]--的毋是干焦[36]
鴨仔揣[37]杜蚓[38] niâ[39]，人用犁、鋤頭這類的家
私[40]鬥跤手[41]，塗反了閣再[42]反，生出會予人
活命的食物。有人反忝[43]--矣[44]，去外地揣生
路，會當[45]規工[46]跤手[47]清氣 tam-tam[48] 的日子

---

[29] 庄跤：tsng-kha，鄉下。

[30] 散赤：sàn-tshiah，也讀 sàn-tsiah，貧窮、窮困。

[31] 向望：ǹg-bāng，盼望、企望、想望。

[32] 攏：lóng，都。

[33] 塗--裡：thôo--nih、thôo--lí，土裡。

[34] 反塗：píng thôo，翻土。

[35] 揣食：tshuē tsiáh，覓食。

[36] 干焦：kan-tann，只有、僅僅。

[37] 揣：tshuē，找、尋找。

[38] 杜蚓：tōo-ún，蚯蚓。

[39] niâ：而已。

[40] 家私：ke-si，工具、器具、道具。

[41] 鬥跤手：tàu kha-tshiú，幫忙。

[42] 閣再：koh-tsài，又、再、再度、重新。

[43] 忝：thiám，累、疲倦。

[44] --矣：--ah，語尾助詞，表示動作完成。

[45] 會當：ē-tàng，可以。

[46] 規工：kui-kang，整天。

[47] 跤手：kha-tshiú，手腳。

若像[49]天堂。烏松叔--仔就是按呢[50]才去做辯士
--的，伊[51]毋是阮[52]庄--裡的人，毋過庄跤就是
庄跤，去到佗位[53]都全款[54]散[55]甲[56]予人著驚[57]。
伊是阮阿爸做兵[58]的朋友，退伍了後[59]，閣有
咧[60]相揣[61]，我讀國校欲升四年的歇熱[62]，伊
穿甲[63]真紳士款[64]，講這陣毋是「烏松」，伊

---

48 清氣 tam-tam：清潔溜溜。

49 若像：ná-tshiūnn，彷彿、好像、猶如。

50 按呢：án-ni、án-ne，這樣、如此。

51 伊：i，他、她、牠、它，第三人稱單數代名詞。

52 阮：guán，我們，不包括聽話者；第一人稱所有格。

53 佗位：toh-ūi，哪裡。

54 全款：kāng-khuán，一樣。

55 散：sàn，貧窮。

56 甲：kah，到。

57 著驚：tiòh-kiann，受驚嚇、害怕、驚慌。

58 做兵：tsò-ping，當兵。

59 了後：liáu-āu，之後。

60 咧：teh，在。

61 相揣：sio-tshuē，互相拜訪、探視。

62 歇熱：hioh-juàh，暑假。

63 甲：kah，得，副詞。

64 款：khuán，樣子。

叫做「里見」，這是伊的辯士名，伊頭擺[65]正
式攑[66] mài-khuh[67] 做辯士就是日本片「里見八
犬傳」，毋才[68]號[69]這个[70]名記念。

　　彼陣[71]阿爸拜託伊 tshuā[72] 我去都市學師仔[73]
做辯士，伊一世人[74]歹命[75]定--矣，做人的大
囝[76]愛[77]留佇田--裡做塗牛，毋過我這个後生[78]
真 gâu[79] 讀冊、真乖巧，作穡[80]傷[81]拍損[82]。烏松

65　頭擺：thâu-pái，第一次。

66　攑：giȧh，拿。

67　mài-khuh：麥克風。

68　毋才：m̄-tsiah，才。

69　號：hō，取名。

70　个：ê，個。

71　彼陣：hit-tsūn，那時候。

72　tshuā：帶領、引導。

73　學師仔：ȯh sai-á，當學徒。

74　一世人：tsit sì lâng，一輩子。

75　歹命：pháinn-miā，命苦、命運多舛。

76　大囝：tuā kiánn，長子、長男。

77　愛：ài，要、必須。

78　後生：hāu-senn，兒子。

79　gâu：能幹、善於。

80　作穡：tsoh-sit，種田。

叔--仔眞正共[83]我考試；考啥物--喔，當然是考台語！這佮我這時陣[84]選擇用台語寫作應該有關係才著[85]。

　　聽講古早的電影是有影無聲--的，需要有人解說劇情予觀眾聽，這就是辯士的起頭，尾--仔有眞濟西洋片、日本片，雖罔[86]有聲--矣，毋過字幕看無的觀眾猶是[87]需要人用台語翻譯--出-來，辯士閣愈重要。烏松叔--仔寫幾逝[88]漢字，叫我用台語講出意思，愛講予阮 i--仔[89]佮阿公、阿媽聽有，in[90]攏干焦聽有台語 niâ。我需要共這款[91]的代誌先講斟酌[92]，閣來才有

81　傷：siunn，太、過於。

82　拍損：phah-sńg，可惜、浪費、糟蹋。

83　共：kā，給；幫；跟、向；把、將。

84　時陣：sî-tsūn，時候。

85　著：tiȯh，對。

86　雖罔：sui-bóng，雖然。

87　猶是：iáu sī，還是。

88　逝：tsuā，行，計算條列文字的單位。

89　i-- 仔：i--á，平埔族稱呼母親的用語。

90　in：他們；第三人稱所有格，他的。

91　這款：tsit-khuán，這種。

法度講「顧口--的佮辯士」發生啥物[93]代誌。

里見先[94]--的是佇二林街仔一間戲園做辯士，古早[95]話的「戲園」這陣叫做「戲院」，干焦二林街仔就有三間，通[96]知影台灣人興看戲的個性。一間戲園上[97]少嘛愛有四个人，一个佇機房放影片，一个是全款佇機房的辯士，另外一个佇戲園向外口的窗仔內賣戲票，上尾--仔一个就是顧口--的，人客欲入場愛看票，若無大人 tshuā 的囡仔[98]著愛買半票，學生佮阿兵哥若無穿制服著愛[99]看證件才會使[100]買優待票。顧口--的攏會閣兼顧鐵馬，彼陣猶無人駛車去看電影，連騎 oo-tóo-bái[101]--的都眞罕--

---

[92] 斟酌: tsim-tsiok, 仔細、注意、小心。

[93] 啥物: siánn-mih, 什麼。

[94] 先: sian, 對某些特定身份者的稱呼, 表示尊敬。

[95] 古早: kóo-tsá, 從前、昔日、從前。

[96] 通: thang, 可以。

[97] 上: siōng, 最。

[98] 囡仔: gín-á, 小孩子。

[99] 著愛: tiòh-ài, 得。

[100] 會使: ē-sái, 可以、能夠。

得，戲園邊攏有搭一排棚仔予鐵馬 khē[102] 較袂
淋雨曝日，鐵馬寄迾[103]的時，顧的人會共三聯
單，剺[104]一張貼鐵馬的手扞仔[105]頂，一張予寄
的人保管，愛提[106]彼[107]張單才會當領鐵馬，最
後一張就留咧做憑據，才知今仔日攏總[108]寄幾
台，有幾台鐵馬無人領--轉-去[109]。本底[110]有一
个阿伯專門咧寄車--的，尾--仔傷老破病[111]，
就無閣[112]倩[113]--人。

　　放影師佮辯士是專門技術--的，攏是查

---

[101] oo-tóo-bái：機車、摩托車。

[102] khē：放。

[103] 迾：hia，那裡。

[104] 剺：lì，撕。

[105] 手扞仔：tshiú-huānn-á，扶手。

[106] 提：thèh，拿。

[107] 彼：hit，那。

[108] 攏總：lóng-tsóng，一共、全部、總共。

[109] --轉-去：--tńg-khì，回去。

[110] 本底：pún-té，本來、原本。

[111] 破病：phuà-pēnn，phuà-pīnn，生病。

[112] 無閣：bô koh，不再。

[113] 倩：tshiànn，聘僱、僱用。

埔[114]--的，賣票是兼管錢--的，工課[115]輕可[116]
責任重，攏是頭家[117]的人咧扦[118]，顧口愛佮人
客接接[119]，就查某囡仔[120]較有耐性，工錢嘛
免遐[121]懸[122]。阿蘭自十七歲起就佇遮[123]顧口，
目一下瞬[124]嘛三年--矣，工課上愛佮人客面對
面，真濟人捌[125]，佇地方應該算是出名人。我
頭擺看著阿蘭是佇學校集體去看「東京世運
會」的影片，欲[126]一千个學生入去戲園，一个
一箍[127]，伊佇門喙[128]算人頭，舞[129]甲規[130]身軀

---

[114] 查埔: tsa-poo, 男性。
[115] 工課: khang-khuè, 工作。「功課」的白話音。
[116] 輕可: khin-khó, 輕鬆。
[117] 頭家: thâu-ke, 老闆。
[118] 扦: huānn, 掌理、掌管。
[119] 接接: tsih-tsiap, 打交道、交際、接洽、接觸。
[120] 查某囡仔: tsa-bóo gín-á, 女孩子。
[121] 遐: hiah, 那麼。
[122] 懸: kuân, 高。
[123] 遮: tsia, 這裡。
[124] 目一下瞬: ba̍k tsit-ē nih, 一眨眼、一瞬間。
[125] 捌: bat, 認識。
[126] 欲: beh, 將要、快要。

汗，毋過伊面--的猶是笑容，敢若[131]真歡喜學生
去看這支電影片的款。

里見先--的 tshuā 我去的頭一工[132]，阿蘭
呵咾[133]講「里見先--的看會上目[134]--的，定著[135]
是真優秀的師仔[136]」。辯士著愛電影開始放才
有工課，我就佇戲園門喙共阿蘭鬥顧口，予
伊去處理寄鐵馬的代誌。庄跤戲園無時行[137]清
場，隨時會當入場看紲[138]後場，上尾場做一半
了後，就開戲園的小門予無買票--的會當入去
看，民間所講的「抾戲尾」就是這款情形。

---

[127] 箍：khoo，元，計算金錢的單位。
[128] 門喙：mn̂g-tshùi，門口、入口。
[129] 舞：bú，折騰、忙著做某件事。
[130] 規：kui，整個。
[131] 敢若：ká-ná、kánn-ná、kán-ná，好像。
[132] 頭一工：thâu tsit kang，第一工。
[133] 呵咾：o-ló，讚美。
[134] 看會上目：khuànn ē tsiūnn-bȧk，看得上眼。
[135] 定著：tiānn-tiȯh，必定、一定、肯定。
[136] 師仔：sai-á，徒弟。
[137] 時行：sî-kiânn，流行、時髦。
[138] 紲：suà，接、續。

阿蘭寄鐵馬的工課處理了，專工佇戲園前買
一捾[139]烏梨仔糖予--我，答謝我鬥跤手，看伊
妖嬌[140]的笑容，連才十歲囡仔的我都去予煞--
著[141]。

彼暗，里見師父專工[142]請我去三六九食堂
食飯，阿蘭是陪賓。「食堂」就是這陣講的
「餐廳」，三六九是看板名，彼陣有電話--的
猶真少，地方電話攏才三碼 niâ，意思是二林
局的三六九番，人若敲電話[143]欲叫菜，免閣查
電話番[144]。遮愛閣解說--一-下，戲園是下晡[145]
一點一場、三點第二場，頭場無辯士，予看有
字幕的人客家己[146]觀賞，第二場佮暗時七點、
九點--的攏有辯士，下晡的五點到六點半算歇

---

[139] 捾: kuānn, 串, 計算成串東西的單位。

[140] 妖嬌: iau-kiau, 嫵媚、嬌艷。

[141] 煞 -- 著: sannh--tio̍h, 迷上、傾倒。

[142] 專工: tsuan-kang, 特地、專程。

[143] 敲電話: khà tiān-uē, 打電話。

[144] 番: huan, 號碼。

[145] 下晡: e-poo, 下午。

[146] 家己: ka-kī、ka-tī, 自己。

睏[147]時間，阮才會有閒通去食堂食暗[148]，彼是我頭擺去餐廳食飯，閣有妖嬌的阿蘭小姐共我夾菜，袂輸[149]有看著[150]我的辯士前途是遐爾[151]光明。

我的功課是佇機房見習，聽師父共一支外國片，用台語講出伊咧做啥[152]，連戲內底人物講的話嘛愛用台語學演員的口氣講--出-來，激[153]查某聲、老人聲佮囡仔聲。外國人的名奇奇怪怪閣躼躼長[154]，嘛改做台灣式--的親像[155]阿雄--仔、阿惠--仔這款--的，阮師父上捷[156]用的查某囡仔名就是阿蘭。我咧想講伊敢是佮阿

---

[147] 歇睏：hioh-khùn，休息。
[148] 食暗：tsiàh-àm，吃晚餐。
[149] 袂輸：bē-su，好比、好像。
[150] 著：tiòh，到，動詞補語，表示動作之結果。
[151] 遐爾：hiah-nī，那麼。
[152] 啥：siánn，什麼。
[153] 激：kik，裝、裝扮。
[154] 躼躼長：lò-lò-tn̂g，非常的長。
[155] 親像：tshin-tshiūnn，好像、好比。
[156] 上捷：siōng tsiàp，最常。

蘭咧戀愛？暗時[157]，我蹛[158]師父 in 兜[159]，伊
有娶某[160]--矣，師父娘真婧[161]，嘛對我真好，
有人講學師仔愛共頭家娘洗內褲，阮師父娘顛
倒[162]咧替我洗衫仔褲。師父嘛佮 in 某感情真
好，哪會[163]閣咧佮阿蘭行[164]？我愈想愈花，大
人的世界遐爾複雜，我千想都[165]想袂曉[166]。

　　我頭擺提 mài-khuh 講話是佇一支叫做
「桃太郎」的日本片，主角是囡仔，師父前一
工叫我共伊的台詞記予好，第二工第二場，囡
仔講話就予我做替聲演員，毋知按怎[167]，我袂

---

[157] 暗時：àm-sî，晚上。

[158] 蹛：tuà，居住。

[159] 兜：tau，家。

[160] 某：bóo，妻子、太太。

[161] 婧：suí，美。

[162] 顛倒：tian-tò，反而。

[163] 哪會：nah-ē，怎麼會。

[164] 行：kiânn，走，此指交往。

[165] 千…都…：sian… to m̄…，無論怎樣都…。

[166] 袂曉：bē-hiáu，不懂、不會。

[167] 按怎：án-tsuánn，怎麼樣。

眞緊張，大概天生膽頭[168]就眞在[169]，師父講我
學辯士傷拍損人才，應該做演員較有利純[170]。
頭擺我講了，阿蘭專工買一罐 namune 汽水請
--我，表示慶祝。桃太郎了後，我無機會閣做
主角的辯士，毋過有一項是我專門貿[171]的工
課，定定[172]有人來戲園欲揣--人，這馬[173]是用
拍[174]字幕--的，彼陣全毋捌字[175]--的，著愛辯士
用講--的，親像「某某人外揣」，有時仔較要
緊--的親像「阿國--仔，恁[176]某生--矣，緊[177]轉
去做老爸」，抑是[178]「開百貨店的阿生，恁遘

---

168 膽頭: tánn-thâu, 膽量、膽子。
169 在: tsāi, 牢固、穩固。
170 利純: lī-sûn, 利潤。
171 貿: bāu、bàuh, 包辦、總攬。
172 定定: tiānn-tiānn, 常常。
173 這馬: tsit-má, 現在。
174 拍: phah, 打。
175 毋捌字: m̄-bat jī, 不識字。
176 恁: lín, 你的, 單數第二人稱所有格; 你們。
177 緊: kín, 快、迅速。
178 抑是: iah-sī, 或是。

有人客欲買物件[179]，恁某毋知價數[180]，紅龜粿
印[181]一个偌濟[182]？」這款--的攏我咧講，這款
服務有咧共人收錢，講一改[183]一箍，免交予戲
園頭家，師父就共彼[184]予我做所費[185]，差不多
一工攏有兩、三箍銀[186]，真好空[187]。

　　早起[188]時無啥代誌[189]，師父定定會愛去釣
魚，留我踮厝--裡[190]寫學校規定的作業，伊講
冊若讀無好袂使[191]做辯士。有一日欲晝[192]，師

---

[179] 物件：mih-kiānn，東西。
[180] 價數：kè-siàu，價格。
[181] 粿印：kué-ìn，製作粿、糕、餅、糖等食品時，用來壓印
　　花樣的模具。
[182] 偌濟：juā-tsē，多少。
[183] 改：kái，計算次數的單位。
[184] 彼：he，那個。
[185] 所費：sóo-huì，零用錢、盤纏、開支、費用。
[186] 三箍銀：sann khoo gîn，三塊錢。
[187] 好空：hó-khang，搞頭、利多、好處。
[188] 早起：tsái-khí，早上。
[189] 代誌：tāi-tsì，事情。
[190] 踮厝--裡：tiàm tshù--nih，在家裡。
[191] 袂使：bē-sái，不可以。
[192] 欲晝：beh tàu，將近中午。

父娘買菜轉--來，雄雄[193]問我阿蘭的代誌，閣問我感覺伊做人啥款[194]。我起煩惱[195]，雖罔我毋是真了解大人的代誌，毋過加減[196]嘛知影[197]有的代誌袂使清彩[198]講，就恬恬[199]。師父娘也無勉強我講，入去灶跤[200]炒菜，我心內感覺對伊真歹勢[201]，這也是無法度[202]的代誌。

　　師父攏差不多兩點半過才會來戲園，我就先來共阿蘭鬥跤手，阮兩个配合愈來愈熟手，伊若咧無閒別項工課，我就自動替伊顧口，有時仔頭家來，問講「阿蘭去 tueh[203]？」我會揣一个理由掩崁[204]，彼工毋知按怎，我顧規

---

[193] 雄雄：hiông-hiông，突然間、猛然。

[194] 啥款：siánn-khuán，如何、怎樣。

[195] 起煩惱：khí huân-ló，開始煩惱。

[196] 加減：ke-kiám，多多少少。

[197] 知影：tsai-iánn，知道。

[198] 清彩：tshìn-tshái，隨便、胡亂。

[199] 恬恬：tiām-tiām，安靜、沉默、默默。

[200] 灶跤：tsàu-kha，廚房。

[201] 歹勢：pháinn-sè，不好意思。

[202] 無法度：bô huat-tōo，沒轍、沒辦法。

[203] tueh：佗位 (toh-uī) 的合音，哪裡。

晡[205]，阿蘭煞[206]攏無看見人影，一直到第二場
欲開始--矣，才看著伊目箍[207]紅紅傱--來[208]，
師父嘛無意無意[209]綴[210]伊尻川[211]後 lok-sōng[212]
lok-sōng 行--來，我共撆的票根交予阿蘭，就
綴師父入去機房。電影開始放新聞片佮見本片
的時，師父講伊人無啥爽快，叫我替伊講，彼
支片我無熟，師父講無要緊，橫直[213]是笑詼[214]
片，照我的感覺講就好。我猶是毋敢，拄好[215]
頭家入--來，師父就家己講，共笑詼片講甲真
無精神，我看著頭家面色臭臭。

---

[204] 掩崁：am-khàm，掩飾、掩蓋、遮掩、隱瞞。
[205] 規晡：kui-poo，半天。
[206] 煞：suah，竟然。
[207] 目箍：bák-khoo，眼眶。
[208] 傱 -- 來：tsông--lâi，急忙跑來。
[209] 無意無意：bô-ì-bô-ì：不太熱絡，意興闌珊。
[210] 綴：tuè，跟、隨。
[211] 尻川：kha-tshng，屁股。
[212] lok-sōng：無精打彩。
[213] 橫直：huâinn-tit，反正。
[214] 笑詼：tshiò-khue，幽默、詼諧。
[215] 拄好：tú-hó，剛好、湊巧。

彼暗我轉去師父 in 兜，看伊佮師父娘冤
家[216]，tang-sî-á[217] 是師父娘去投[218]戲園的頭
家，講阿蘭袂見笑[219]，佮阮師父有曖昧關係，
頭家才會專工叫 in 兩个去問。師父講伊根本佮
阿蘭也無按怎，是師父娘厚[220]憢疑[221]，害阿蘭
沐[222]著歹名聲，以後佇街--裡欲怎樣做人？師
父娘干焦哭，無應[223]甲一句話，翻轉工[224]，就
轉去外家[225]--矣。

仝[226]彼工，阿蘭嘛無來戲園顧口，頭家講
伊辭頭路[227]--矣，予我五箍，叫我先代班，明

---

[216] 冤家：uan-ke,吵架、爭吵。
[217] tang-sî-á：原來。
[218] 投：tâu,投訴、告狀、打小報告。
[219] 袂見笑：bē-kiàn-siàu,不要臉、無恥。
[220] 厚：kāu,指抽象不可數的「多」。
[221] 憢疑：giâu-gî,猜疑。
[222] 沐：bak,沾、染、沾污。
[223] 應：ìn,回答、應答。
[224] 翻轉工：huan-tńg-kang,隔天。
[225] 外家：guā-ke,娘家。
[226] 仝：kāng,相同。
[227] 辭頭路：sî thâu-lōo,辭職。

仔再[228]才閣揣一个顧口--的。我趁[229]這五箍銀
並無蓋[230]歡喜, 頭殼內規下晡攏咧煩惱阿蘭小
姐。

　　過一禮拜, 師父去 tshuā in 某轉--來, 講
換欲去南部的一間戲園上班, 無法度 tshuā 我
去, 叫我轉去好好仔讀冊, 辯士這款行業緊早
慢會無時行, 親像我遮[231]巧[232]的囡仔, 將來一
定有出脫[233]。

　　了後, 我捌[234]閣去彼間戲園看電影, 顧口
--的換一个小姐毋捌--我, 賣票--的猶會記得
我, 講免買票, 叫顧口--的予我入--去。辯士
講話老人聲老人聲, 我聽著眞袂慣勢[235], 電影
看一半, 煞插講有人欲揣--我, tang-sî-á 是阿

---

228 明仔再: bîn-á-tsài, 明天。

229 趁: thàn, 賺。

230 蓋: kài, 十分、非常。

231 遮: tsiah, 這麼地。

232 巧: khiáu, 聰明、機靈、靈光。

233 有出脫: ū tshut-thuat, 有出息。

234 捌: bat, 曾。

235 慣勢: kuàn-sì, 習慣。

蘭，伊講有捌--我的看著我入戲園，報伊知--
的，伊眞思念--我。

　　阿蘭請我去冰果室食冰，講伊咧做車掌，
佮一个司機訂婚--矣，閣三個月就欲嫁--矣。
我一直想欲問伊敢眞正有佮阮彼个里見師父戀
愛--過？想想--咧煞無想欲問，總--是[236]，親像
車掌佮司機、護士佮醫生按呢，顧口--的佮辯
士戀愛嘛是四常[237]--的。

　　舊年[238]，有一擺[239]阮阿爸聽我電台的節目
了後，共我講：

　　「你敢[240]會記得彼个鳥松叔--仔？伊較
早[241]嘛佇電台咧講古--呢！」

---

[236] 總--是：tsóng--sī，不過。

[237] 四常：sù-siông，平常。

[238] 舊年：kū-nî，去年。

[239] 擺：pái，次，計算次數的單位。

[240] 敢：kám，疑問副詞，提問問句。

[241] 較早：khah-tsá，以前。

Asia Jilimpo

陳明仁

《Pha 荒 ê 故事》
第二輯：田庄愛情婚姻紀事

(教羅漢字版)

發姆--á 對看 ê 故事

學生 kā 我講 1 個趣味 ê tāi-chì，i beh kap 人訂婚，專工 tńg 去庄 kha kā in a 媽報告。A 媽問 i 講：

「Ah lín tang 時 beh 對看？」

「A 媽！這 chūn 無人 leh 對看--a-lah！」

「Nah 會 án-ni？Chit-má ê cha-bó͘ 人 m̄ 就比 góan 古早 khah 慘！人 gún 古早 iáu koh 有 thang 對看--1-下，thang 知影 beh 嫁--ê 是生做圓 iah 扁，lín 連對看都無，眞 hiâu-hēng--o͘！」

聽著這個 kó͘-chui ê a 媽講--ê，我想起另外 1 個朋友 in 老母，發姆--á，bat kā 我講 i cha-bó͘ gín-á 時代 kap 人對看 ê 故事。

發姆--á in tau 是 tī 街--nih leh 開 phòng 紗店，專賣刺 phòng 紗衫 ê 線料，發姆--á 做 cha-bó͘ gín-á ê 名是「青紗」，就是青 ê phòng

紗 ê 意思；青紗 in 老 pē 是眞 kó·-pih ê 生理人，3 個 cha-bó· kiáⁿ，大 hàn--ê 號名「紅線」，hit chūn 有廣東戲配廈門話 leh poaⁿ，戲ê 名就是「紅線女」，i 看戲了 tńg--去，就 kā tú 生 ê cha-bó· kiáⁿ 號 kap 主角 kāng 款 ê 名。第二--ê 是紫綿，青紗排上尾--ê。大姊紅線 beh 做--人 ê 時，soah 無人牽紅線，kap 店內 ê siàu 櫃兼店員戀愛，老 pē 想講 ka-tī 也無後生 thang 接，就 kā 紅線招翁，店員疊 in ê 姓變頭家。紫綿 tī 客運 ê Bus 做車掌，tú 好有 1 個國校 á ê 先生 ta̍k 工通勤 lóng 專工坐 i 這班，就去結--著-a。

　厝邊 tau 笑講：「Phòng 紗店 hit 個添丁--á，上 kài 好心，ka-tī 無添 gah 半個丁，kan-taⁿ 操煩人無 bó·，專 leh 替人 chhôan 新婦。」Koh 講：「好心有好蔭，in cha-bó· kiáⁿ lóng 免了 gah 1 sián hm̂ 人錢，ka-tī kā 翁 chhōe 好好！」

　這款話半 khau-sé，添丁伯--á bē 堪--得，青紗管 gah 眞 ân，驚 i 外口 pha-pha 走 koh hō·

人 kó͘--去，tiāⁿ-tio̍h ài 青紗照步來，mài koh hō͘
厝邊 tau 偷笑，sià 世 sià 眾。青紗本底就是 pì-
sù ê cha-bó͘ gín-á，愛 bih tī 房間用雜花怪色 ê
紗 á 線刺 i 少女 ê 眠夢。In a-pa kā i 買眞 chē 日
本 ê Bukhuh，lóng 是刺 phòng 紗衫 ê 好樣相。
I 會 hiáu tī phòng 紗衫頂刺象、刺古城堡厝、
刺火車，有時吊 tī 店--nih 做見本，siâⁿ 人客買
phòng 紗線。親像這款興手藝 ê 青紗，生本就
無愛出門，beh nah 會 ka-tī 去 kap 人戀愛？

到青紗 21 歲，tī hit 個時代，che 是到熟 ê
年歲，知影青紗無 kap 人 leh 行，就有 hm̂ 人
婆--á 來 leh 行踏，頭 1 個是報開百貨行 ê 頭家
á kiáⁿ，人生做眞軟 chiáⁿ，koh 是厝--nih ê 孤
kiáⁿ，想 beh 娶 1 個 kha 手 mé-lia̍h，khiàng-kha
ê bó͘，後 pái 會 tàng hōaⁿ hit 間店，青紗 m̄ 是
hit 款 kha-siàu，雙方面 lóng bē 合軀，連對看
都無，就準 tú 好，無輸贏。

台灣傳統 ê hm̂ 人婆--á 有 1 個職業癖，若
有人央--i，這個 hm̂ 人禮無趁 gah 著的確 m̄ 情
願放手，這個無 kah-ì 就換 chhōe 別個，這款

精神是現代做服務業--ê 應該 ài 好禮 á 學--ê。
頭個做無成，隨就 koh 來報第二個，是市 á 內
豬肉砧 ê 後生，人生做大 khơ 把，看--起-來橫
霸霸 ê 款，連添丁--á 都驚。Koh 來講是公務人
員，soah 是 1 個警察大人，添丁--á 自來就講
做警察是危險 khang-khòe，這途--ê kap 運轉手
i lóng 無愛。講是 beh hō 青紗 ka-tī 看、ka-tī
揀，到尾 lóng 是老 pē ê 意見 khah chē 過 niau-
á-mn̂g。就 án-ni，hm̂ 人婆--á 講過 5、6 個，
連對看都無，就去 hō 添丁 khan-jió--起-來。

　　這個 hm̂ 人婆--á 真 m̄ 信聖，koh 來報，講
這個穩妥當，是 tī 公所食 thâu-lō--ê。約 tī 街
--nih 上有派頭 ê 386 食堂；hit chūn 食堂 lóng
是用電話番 leh 號名--ê。添丁 in 翁 á bó、紫
綿 in 翁 á bó kap 紅線，beh 去 kap 人對看 ê 青
紗當然 bē sái 無去，kan-taⁿ 紅線 in 翁留 leh 顧
店。Cha-pơ--ê hit pêng 有 5 個來，hām hm̂ 人
婆--á 在內，tú 好 tàu 1 打，坐 1 tè 大桌圓圓。
青紗 cha-bó gín-á 人驚 pháiⁿ-sè，自頭到尾 lóng
頭殼 lê-lê，kan-taⁿ 聽 hm̂ 人紹介雙方，青紗知

影另外 hit 4 個是 cha-pơ gín-á ê pē 母 kap a 叔 a
姊。2 pêng sī 大人互相請安 kap 問話，了解 1
kóa 背景資料。聽 cha-pơ gín-á leh 應話，聲斯
文 koh 講話明瞭，青紗印象 bē bái，想 beh 看
對方 siáⁿ 款生張，koh m̄ 敢 giȧh 頭。Hm̂ 人婆
--á 叫青紗講：

「我知影你 cha-bó gín-á 人驚 pháiⁿ-sè，
m̄-koh 今 á 日是 beh hō͘ lín 2 個對看--ê，你
mā tiȯh 斟酌看--1-下，這時 bē sái koh 驚 kiàn-
siàu，無，mā tiȯh hō͘ 人相--1-下！」

青紗這時 chiah khoaⁿ-khoaⁿ kā 頭 taⁿ
kôan，cha-pơ--ê 穿 1 領 White Shirt(u-ai siah-
chuh)，面生做眞 sù 正，kiám-chhái 是坐事務
桌--ê，罕得曝日，面眞白。這時對方 mā tú 好
kā 目 chiu 照--過-來，青紗看著對方有 kóa 生
分 kap m̄ 知 beh án-chóaⁿ 解說 ê 目神，hm̂ 人婆
--á 講：

「若男方這 pêng，tȧk 項 lóng thèng 好去
探聽，厝邊 tau，有 kóa khah 無好--ê 人 lóng
會知，青天白日，我 hm̂ 人嘴人講是 hô-lùi-lùi

mā bē-sái chhìn-chhái 講、o͘-pe̍h 騙。你看，i 食
政府 ê thâu-lō͘，koh 生做 chiah-nī ian-tâu。Ah
青紗小姐人是生做比花 koh khah súi，gâu 刺
phòng 紗，好女德。2 個有影是天生地設--ê，
有夠 sù 配！」

添丁對這個 cha-po͘ gín-á 表示 kah-ì，問
cha-bó͘ kiáⁿ，頭--á tiām-tiām，尾--á chiah 細聲
應講：

「據在 a-pa 做主就好！」

添丁講：「我 m̄ 是無理解 ê 老古板，iáu
是 ài 你 ka-tī 甘願 chiah 會 sái，我看，對方
tiāⁿ-tio̍h 會 kah-ì--你，會 koh 來約 beh 出--去，
你 koh 斟酌--幾-pái-á，真正有投你 ê 緣 chiah
講。」

等幾 nā 工，soah 無 gah 1 個回音，照講，
應該 lóng 會 koh 進 1 步要求 2 個約出去食茶
iah 是看影戲，nah 會無 1 個聲說，想講 kiám-
chhái tio̍h 請 hm̂ 人婆--á 去探--1-下。講人人
到，hm̂ 人 chhím 入門就 hoah：

「恭喜，對方 leh 講 tang 時 beh hō͘ in 來提

親？」

　　添丁--á 疑問講：「Kám 免 koh 互相約--1-下？做進 1 步 ê 了解？」

　　「免--lah，人看青紗是隨 sahⁿ--著，講 m̄ 免 koh 考慮。對方你 mā 知，門戶正 pān，gín-á 有好 thâu-lō，1 世人有政府 thang 飼，lâng 才 kap 人才 lóng 是一品--ê，歡喜都 leh 未赴，kám 有 siáⁿ thang 嫌？」

　　添丁本底想 beh 隨允--i，koh 想--1-下，講：「Iáu 是約--1-下，hō͘ 青紗 kap i koh 談看 māi，互相 khah 知性。」

　　Hm̂ 人婆--á 講 beh 去約，hit e-po͘，tú 好 1 個人客來交關，是 kap hit 個 cha-po͘ gín-á kāng 庄--ê。添丁 kā 探聽，人客先 o-ló 1 khùn，chiah 講：

　　「雖 bóng kha 有 kóa 無利便，m̄-koh 行路 iáu 好勢好勢--leh。」

　　添丁這時 chiah 知影對方跛 kha 跛 kha，chiah 會 hit 工先來 tī 食堂等，beh 離開 ê 時 chhun kan-taⁿ 起身，也無送 in 出門。眞 siūⁿ-

khì，叫 hm̂ 人婆來罵，講有影是 hm̂ 人嘴 hô-
lùi-lùi，連 che 也 beh 騙，這款 hm̂ 人禮 kám 趁
會過心？

　　Hm̂ 人應講：「冤枉--o͘，我是 toh 位 kā 你
騙？人 pān 你 ka-tī 親目 chiu 有看--著，食公所
ê thâu-lō͘ 是現 tú 現--ê，in tau ê 家世門風是有
toh 位無好？」

　　「你無講 cha-po͘ gín-á 跛 kha ê tāi-chì，án-
ni m̄ 是騙？」

　　「我 nah 會無講？我起頭就先講--a，kha
無好--ê 人 lóng 會知，ta̍k 項 lóng thèng 好 kā
厝邊 tau 探聽。講 gah hiah 明，koh beh 枉屈--
我！」

　　添丁 kā 青紗講對方 kha 無 siáⁿ 利便，iáu
是準煞。青紗 kā a-pa 講：

　　「隨在 a-pa 主意就好。」

　　添丁--á 感覺這個 hm̂ 人，嘴水實在利，
緊早慢會 hō͘ i 設計--去，liōng-khó͘ 換--1-個-á
khah 在穩，就包 1 個禮數答謝--i，無 koh hō͘ i
侵門踏戶，koh 探聽看 iáu 有別個 hm̂ 人婆--á--

無。

青紗想講 án-ni bē 輸是 leh 嫌人跛 kha--leh, siuⁿ 過傷--人，就去隔壁鄉 ê 公所假辦 tāi-chì, kā i 會失禮。青年 mā kā 青紗會失禮，講無應該瞞--i, 為著 kha ê 關係，幾 pái 對看 lóng bē 成，這 pái m̄-chiah kui-khì 無講明，想講 bó͘ 若娶入門，beh 反悔就未赴--a, 人講「生米煮成飯」án-ni。

Hit 個青年就是發--á, 青紗 koh 去 chhōe i 幾 nā pái, 2 個 soah 愈講愈投意，雖 bóng 發--á 行路 gió--leh gió--leh, m̄-koh iáu 好勢好勢，koh 講人是 leh 食 thâu-lō͘--ê 也 m̄ 是作 sit--ê, nah 有 siáⁿ 無利便？

過半年，對方叫鄉長做伴，來到青紗 in tau 講 beh 求親 chiâⁿ, 添丁--á chiah 知影 cha-bó͘ kiáⁿ kap 人 leh 行，無答應也 bē sái。

添丁 kā in bó͘ 怨嘆講：

「人講我添丁--á ê cha-bó͘ kiáⁿ lóng 是 ka-tī 戀愛--ê, 這聲，有影是無影無跡 hō͘ 人講 gah 對對，我 beh án-chóaⁿ 見--人？」

添丁 in bó 應講:「Siáⁿ-mih leh ka-tī 戀愛?Hm̂ 人婆--á m̄ 是有安排 in 2 個對看--過?」

添丁 chiah 歡頭喜面 kā 青紗 chhôan 嫁妝。Che 就是發姆--á 對看 ê 故事。✎

愛 ê 故事

影戲有眞 chē 愛 ê 故事，無論 toh 1 國 lóng 有這款故事 leh 流傳，我有 1 個台灣庄 kha 人 ê 愛 ê 故事。

我讀國民學校 hit 年，A 州應該是 27 歲，m̄-koh 有 3 個 gín-á--a, hit chūn ê 庄 kha 作 sit 人 lóng 早嫁娶。A 州 in bó͘ 叫做蕊--á, 後頭厝是離 góan 庄無到 3 公里 ê 青埔 á。蕊--á 做新娘 ê 時，我 tú 出世，góan i--á 講有抱我去食桌，我 ka-tī 是 bōe 記得了了--a, 新娘生做 siáⁿ 款形--ê mā lóng 無印象。In hit piàn ê 婚禮，聽人講 m̄ 是 kài 順 sī。

蕊--á kap A 州 m̄ 是 hm̂ 人婆--á 做親 chiâⁿ--ê, tī 農業 beh 機械化 ê 時，A 州 in 老 pē 頭殼 khah 新，會 hiáu beh 搶時行，標會 á hak 1 台鐵牛 á, hō͘ A 州 sì-kòe 去 kā 人 pháng 田。在來 lóng 是用牛犁田，1 po͘ 犁無 2 分地，che 新機

器，免飼 i 蔗尾 iah 食糧，m̄ 驚熱 koh 免 hioh 晝，比牛 khah 勇，工作效率 koh kôan，有影是鐵牛。A 州就是 hō͘ 青埔 á 人水樹--á chhiàⁿ 去犁田，中晝，蕊--á 擔點心來，初見面就 sahⁿ--著。Koh 來，A 州便若 êng 工，就 chhu 去 beh chhōe 蕊--á。

水樹--á 有 3 個 cha-bó͘ kiáⁿ，大--ê 葉--á 舊年嫁去蘆竹塘，曆--nih chhun 19 歲 ê 蕊--á kap 減 1 歲 ê 莓(m̂)--á，講--來，lóng mā 到分（婚）--a，按算 1 年 1 個 á 1 個嫁，連續 3 年就款離。曆邊笑講「水樹--á 興食大餅興 gah 這個形，ta̍k年嫁 cha-bó͘ kiáⁿ lóng 有大餅 thang hēng。」就是 án-ni，A 州來 chhōe 蕊--á，i 也無阻擋，kan-taⁿ phín 講 ài hō͘ 小妹莓--á tòe，chiah 會 sái kā 蕊--á chhōa 出門。

戰後差不多 10 年 ê 庄 kha 社會，男女社交 ê 機會眞少，tī 青春少年時，對異性開始有 kóa 好玄 kap 好感，lió̤h-lió̤h--á 就互相會意愛--a。Hit 時 ê 庄 kha 人對青年男女 ê 交陪，有 ê iáu 是眞保守，嫁娶 ài hm̂ 人做紹介，kōaⁿ-tiāⁿ

了後 chiah 肯 hō͘ 對方 kā cha-bó͘ kiáⁿ chhōa 去食
茶、看影戲 iah 是遊賞。也有 khah 開化親像
水樹--á 這款，無反對 cha-bó͘ kiáⁿ kap 人自由
戀愛，m̄-koh tio̍h-ài khah 大 pān--leh，男方來
厝--nih 拜訪，介紹 ka-tī ê 家庭身世，tòa tī toh
位？Siáⁿ 人 ê 後生？這時 leh 做 siáⁿ-mih khang-
khòe？有帶身命--無？Ta̍k-ê 問題 lóng 問斟
酌，若印象 bē-bái，cha-bó͘ kiáⁿ koh 肯，chiah
beh hō͘ i chhōa--出去。親像這款 1 半保守 1 半
開化 ê 庄 kha 所在，cha-bó͘ kiáⁿ hō͘ 人 chhōa--出
去 mā 真危險，m̄ 是驚對方 kā cha-bó͘ kiáⁿ lām-
sám 來，是驚講萬不一這層姻緣無成，日後別
人 kha-chhng 後 êng 話講：

「某某人 ê cha-bó͘ kiáⁿ hit chūn hông chhōa
出去幾 nā pái，kám iáu koh kui 身軀好好？」

有 ê khah 有口德，bē o͘-pe̍h 想 kā 人 giâu
疑，m̄-koh iáu 是會想講：

「這個某人 ê cha-bó͘ kiáⁿ ah 都 kap 某 mih
人 ê 後生行 hiah chē pái--a，尾--á thài 會婚
姻無成，kám 是有 siáⁿ 欠點 hō͘ 對方看破 kha

手?」

　　若 cha-bó͘ kiáⁿ beh hō͘ 人 chhōa 出門，會
hiáu--ê lóng 會差小弟小妹陪 a 姊去，3 個人做
夥出門，就 bē 有 siáⁿ pháiⁿ 話、êng 話。Mā 有
he 厝--nih 無 gín-á thang 差 kah--ê，就 kā 厝邊
隔壁借 gín-á，che 是好 khang ê 缺，出門有食
koh 有 liàh，tàk-ê gín-á lóng 歡喜 hō͘ 人借去做
「青 á 叢」，這 chūn ê 話講是『電燈泡』。也
有 cha-bó͘ gín-á 嫌身軀邊加 tòe 1 個衛兵 siuⁿ 費
氣，就抱 1 隻貓 á iah 是狗 á 做夥出門，he 貓
á 狗 á ê 頷 kún lóng bē-sái 縛索 á，一--來，手
抱動物 thang 證明 i ê 清白。二--來，mā 加添
cha-bó͘ gín-á ê 妖嬌。

　　A 州 1 年 2 多 kā 人駛田，chhun ê 時間就
用鐵牛 á 頭 tàu 車身，組 1 台鐵牛 á 車，kā 人
車番藷 kap 甘蔗，tī hit 時來講，工錢算 kài 有
額。若 khang-khòe khah lēng，有 làng 縫 ê êng
時，就用鐵牛 á 車載蕊--á kap 莓--á 2 姊妹去街
--nih chhit-thô iah 是田郊野外 liù-liù 去。Taⁿ-á
開始，嫌莓--á tī 邊--á khiā 衛兵做監督真 hiâu-

hēng，尾--á 感覺莓--á 比姊姊 khah 好笑神 koh
活跳 mā 心適，3 人 tàu-tīn 行，一直到蕊--á 嫁
去 A 州 in tau chiah 煞。

　　蕊--á kap A 州結婚 hit 工，原本曆日 á 冊
講是好日，mā 有 khai 錢 chhià看日 á 先檢查
--過，講確實是無 tè 取 ê 日子，nah 知前 1 暝
就 leh 倒雨，bē 輸 he 天頂 m̄ 知儉幾年 ê 水，
hō͘ 雲 ná 水 chhiāng 枋 chhiāng tiâu--leh，烏雲
chhím 飛開 niâ，水就配合雷公 sìn-nah phì-phè
叫 án-ni 拚 1 暝 tah-tah。新娘轎 bē 扛--得，
soah tio̍h 用牛車載轎，人先到，嫁妝另日 chiah
補 kah，若無，thangsuh ê 布料到 chia 穩 tâm--
去，連面桶、屎桶、kiá 孫桶新 tak-tak ê 三桶
都 bē-chēng-beh 先 té 水 kah--來。Góan i--á 講
自來 m̄-bat 食桌 tio̍h-ài 用 khiā--ê，手--nih 抱--
我，koh beh 捧碗 gia̍h 箸，有時連大桌 mā 會
hō͘ 水徙 tín 動。

　　A 州 in pē 母本底是 chhôan 1 個歡喜 ê 心
情 beh 迎接這個大新婦，nah 知大水做 kui
工，煩惱東煩惱西，koh 新郎踢轎門，無 tāi 無

chì 1 kha 鞋 soah 飛--出去, lak 落水--nih。自來 m̄-bat 發生這款 tāi-chì, 聽講自 án-ni 對蕊--á soah 看 bē kah-ì, A 州 mā tòe leh 無 siáⁿ 歡喜, 娶 bó͘ 了, 對蕊--á 感情直直冷--去。

蕊--á 嫁了翻 tńg 年, 就生 1 個後生, 有人算--起來講無夠月, ioh 講大概未結婚前就有 ê gín-á, 總--是, 不足月 ê gín-á 是 chhiâng-chhāi 有--ê, koh 講人 in 都結婚--a, 管待 in tang 時有 gín-á--ê beh nî！

這個大後生減我 1 歲, m̄-koh 我是新曆 9 月生--ê, piān 若到翻 tńg 年 8 月 chhìn 前出世 ê gín-á, 讀冊 lóng kap 我 kāng 屆, 後--來, 讀國校 i kap 我 kāng 班, 下--á koh 1 個減 2 屆另外 1 個 koh 再 làng 3 屆 ê 小弟 kap 小妹, che 是蕊--á 過身了後 ê tāi-chì, 就先免講。

Hit chūn, 我接著冊單, 通知講 ài 入學, 若無, góan pē 母會 hō͘ 人罰。我有 kóa 歡喜, mā 有 kóa 煩惱。歡喜--ê 是 koh 來免 ta̍k 工 āiⁿ 小弟小妹, 煩惱--ê 是 ta̍k 工 ài 行 1 公里外 ê 路去街--nih ê 學校。我想講 A 船應該 mā kap 我

kāng 款；A 船是 A 州 ê 大後生，in 老母嫁--來
坐轎 ná leh 坐船，in a 公就 kā 號這個名。我
tú 想 beh 過厝後去 chhōe--i，soah 先來 chhōe--
我，kha-chiah-phiaⁿ koh āiⁿ 細漢小妹。A 船講
in i--á 死--去 a，i hō͘ 大人趕--出來，講 i gín-á
人 bē-sái 看，i koh 問我講人若死--去，tiòh-ài
死 jōa 久？

　　我聽 góan i--á kap 厝邊 ê cha-bó͘ 人 leh
會，講蕊--á nah 會 hiah hiông，講死就死，放
pē 放母 koh 放翁放 kiáⁿ，大人 iáu koh 講會得
過，ka-tī 生 ê 這 3 個 gín-á，上細漢 ê cha-bó͘
kiáⁿ chiah chè 外 niâ，無老母是 beh án-chóaⁿ
飼會大？蕊--á hit 時 chūn 是 26 歲，iáu tng 少
年，nah 會想 hiah bē 開，soah 行這條短路？
若 m̄ 是艱苦 gah 忍耐 bē tiâu，連蟲 thōa 都 beh
chhōe 生路，免講是 3 個 gín-á ê 老母？

　　了後，有眞 chē 警察來，問 A 州 kap in
pē-á 母 á 眞 chē 話，a-pa kap i--á mā 有 hō͘ in
問--著。總講是蕊--á 做 cha-bó͘ gín-á 時 siuⁿ 快
活，嫁--來了後，做人 ê 大新婦，ka-tī 3 個

gín-á ài hoat-loh--無打緊，koh 有翁婿、ta-ke、ta-koaⁿ、A 姑 á、小叔 á，lóng tioh i 款 3 頓，連小姑都大人--a，ka-tī ê 衫 á 褲 mā phiaⁿ hō͘ i 洗，koh 有豬鴨 cheng 牲 ài 款 phun 款食，拚庭拚寮(tiâu)，koh tioh 去園--nih 顧菜巡草，準講拆做 3 身，有 6 支手骨 mā 無夠用。A 州 koh tiāⁿ-tiāⁿ 罵--i、唸--i，有時 á mā bat phah--i，chiah 會愈想愈 gêng 心，kā 農藥 á 當做冰 á 水 án-ni kui 罐 chai。

水樹聽著 cha-bó͘ kiáⁿ 蕊--á 自殺，眞 m̄ 願，在來這個第二 cha-bó͘ kiáⁿ 就眞乖巧，嫁 A 州了後，雖 bóng 艱苦，tńg 來後頭厝 mā lóng m̄-bat haiⁿ--過，是 i ka-tī kap 人自由戀愛揀選--ê，beh 怨嘆有是怨嘆 ka-tī ê 命底生成。上 kài hō͘ 人擔憂--ê 是這 3 個可憐 ê 外孫，無老母 ê 日子是 beh án-chóaⁿ 渡。細漢這個 cha-bó͘--ê，iáu koh 紅紅幼幼，蕊--á 若 m̄ 是 chheh 心 beh nah 行會開 kha。

莓--á 今年 25 歲--a，tī hit 時 ê 社會風氣來講，應該是「老姑婆」--a，m̄ 是無人 beh kā 做

親 chiâⁿ，i 就是 lóng bē kah-ì，1 年 1 年一直延
chhiân，到這當時 iáu tī 街--nih ê 百貨店做店
員。I kā a-pa 講 beh 去替 a 姊顧 hit 3 個 gín-á。
水樹翁 á bó lóng 無贊成，3 個 gín-á 是 tòe A 州
姓，m̄ 是姓 lán ê，未來會 án-chóaⁿ，lán kan-taⁿ
會 tàng 關心 niâ，mā 無法 tō 主意。莓--á 講：

「就是 án-ni，我無去照顧--in，beh nah 會
過心。」

Tāi-chì m̄ 知 án-chóaⁿ bú，A 州 soah 來 kā
丈人 pâ kap 丈人母會失禮，講無好禮 á 疼惜蕊
--á，這時知 ka-tī m̄ tio̍h，都也未赴--a，希望這
3 個 gín-á 受著 khah 好 ê 栽培，beh 來討莓--á
去代姊做母。

A 州 kap 莓--á ê 婚禮無 koh 放帖 á 請人
客，m̄-koh 這 pái ê chhiⁿ-chhau 我食有著，he
是 A 船專工 té 1 碗清米飯，雞 kap hong 肉挾
kui 碗尖尖。我問 i 這個新 ê i--á kám 好。A 船
講 in iáu kāng 款叫 i「a 姨」，自來，a 姨 kap
in chiah-ê gín-á 就真熟，in a-pa 有時去街--nih
會 hō͘ in tòe，有 1 pái，i 有聽著百貨店另外 2

個店員 leh 會講「這 2 個姨 á 姊夫感情 nah 會 chiah 好，3 工 2 工就來 chhōe 莓--á。」

A 姨 mā lóng 會 chhōa in 去市 á 內食點心、買 chhit-thô 物 á，自來就眞惜--in，tī in ê 感覺內底，a 姨 kap a-i 差不多，a-pa kài 成對 a 姨比對 a-i khah 有笑面，就是 án-ni，新 a-i kap 舊 a 姨實在是 kāng 款--ê。

莓--á 嫁來 1 段時間，ka-tī 就 koh 生 1 個 cha-bó kiáⁿ，mā 有人斟酌算--過，koh 是無夠月生--ê，想講人 in 都結婚做翁 bó͘--a，管待 in tang 時有 gín-á--ê beh nî！

莓--á 有 ka-tī ê cha-bó kiáⁿ 了後，對 A 船 in 3 個前人 gín-á kāng 款疼惜，並無後母面剋虧--in，總--是 ka-tī a 姊 ê gín-á iáu 是 kài 親。A 州對莓--á 無像對蕊--á án-ni beh 罵 beh phah，日子過了加 khah 順 sī，tī 塗 kha m̄ 知 beh 睏到 tang 時 ê 蕊--á 若知影 án-ni，應該也會感覺 tām-pòh-á 安慰，總--是，che 應該 mā 是 1 個複雜 ê 愛 ê 故事。✍

來惜--á kap 罔市--á ê 婚姻

　　人需要安全感、信賴感，m̄-koh siuⁿ 過順 sī ê 人生也會 hō͘ 人 ià-siān，會想 beh 有 kóa 無 kāng 款 ê 生活刺激，koh 會煩惱刺激 gah siuⁿ 離經--去，做人就是 chiah-nih 費氣，若有趣 味，聽我講「來惜--á kap 罔市--á ê 婚姻」ê 故 事，你若 m̄ 相信有這款 tāi-chì，就當做 leh 聽 人講 hàm-kó͘。

　　來惜--á 是厝--nih ê 細漢 cha-bó͘ kiáⁿ，tī hit 款時代，in tau tòa tī 市內，附近 ê 庄頭 koh 有 kóa 田 leh pàk 人作，算是好 giàh 人。來惜--á koh 是厝--nih 孤 1 個 cha-bó͘ kiáⁿ，老 pē chiah 會 kā i 號這個名，有影 kā i 惜命命，連 i 頂頭 ê 幾個兄哥 mā lóng 有夠疼惜這個小妹，自細 漢起，厝--nih 有好物件 lóng i 先 tiòh，hō͘ 厝內 人真 kā 寵 sēng。來惜--á 有影 hō͘ 厝--nih sēng gah ná 公主、女皇帝--leh，m̄-koh i iáu 是有分

寸，愛 i ê 家庭，無論 pē 母 iah 是兄哥。人生
對 i 來講，幸福、美滿以外，m̄ 知 iáu 有 siáⁿ-
mih thang 煩惱？上 hō͘ 傷心 ê 1 pái 是 i 飼 ê 狗
á 死--去，i 哭 1 pō͘ 久，koh 無食暗頓表示 siàu
念。

Hit chūn ê cha-bó͘ gín-á lóng 差不多 17、8
á 就有人來 beh 做親 chiâⁿ，khah 早嫁--leh，厝
--nih 有 thang 收聘金、免 koh 飼 cha-bó͘ kiáⁿ，
而且也完成 1 件心事，che lóng 應該講是正常
--ê。來惜--á tī 青春少女 ê 時代，無 siáⁿ 機會
kap 外口 ê cha-po͘ gín-á chih 接，無煩無惱 ê i
mā m̄-bat 有青春少女戀愛 ê 困擾，世間上好
ê cha-po͘ 人就是 in pa-pa kap 兄哥。講--是 án-
ni，厝--nih khah 惜 cha-bó͘ kiáⁿ mā 是 bē khǹg--
得，到 20 出頭歲，若 koh 無嫁 mā bē sái--得，
這時 tú 好有人來講親 chiâⁿ，對方無論家世、
人品 lóng kap 來惜--á 眞 sù 配，a-pa m̄ 甘 mā
tiȯh kā 允--人，來惜--á bat kap 對方對看 koh
約--出去過，確實是美滿良緣，無 1 項嫌會著
--ê。若 án-ni，以後來惜--á 就過快樂 ê 日子，

這個故事是 beh 講 siáⁿ-mih？Tāi-chì 就發生 tī i 結婚前 beh 去辦嫁妝 ê 時 chūn。

為著寶貝 cha-bó kiáⁿ beh 嫁，厝--nih 替 i hak 嫁妝，chhôan 東 chhôan 西，kui 家夥 á lóng 無 êng chhih-chhih，為 beh hō 來惜--á 新 ê 人生有 1 個 sù-sī ê 開始，錢隨在 i khai，驚無 手 thang 搬 niâ，若無，kui 個百貨行、服裝店 想 beh lóng kā 買--tńg 來。

Hit 1 工，來惜--á tī 1 間布店 ê 門嘴看著內 底有 1 tè 角花 á 布，看--起來色水眞顯目，就 行--入去，是 1 個穿 chhah 素素 ê 姑娘 leh 看 hit tè 布，來惜--á 伸手去摸，感覺布質眞好， 續嘴問價數，邊--á 1 個 cha-bó 店員 kā 講：

「本底 1 碼是 15 khơ，這個小姐眞 gâu 出 價，我 kā i lak 到 1 碼 12 khơ 半，i iáu koh leh 考慮，你若 beh 愛，mā 算你 12 khơ 半就好， chiah chhun 1 領洋裝 ê 額 niâ。」

來惜問 hit 個小姐 beh tih--m̄，若 m̄，i beh 買。Hit 個姑娘想想--leh，搖頭。來惜--á 就算 錢 hō 店員，叫 i 包--起來，òat 頭看 hit 個姑娘

流目屎行--出去，緊 tòe 後追--出去，請 hit 個
小姐小等--1 下。

　　I 叫做罔市--á，tòa tī 庄 kha，mā 是為著
辦嫁妝來到市內，tī 布店 chhím 看著 hit tè 角
花 á 布，就真 kah-ì，這款料 1 碼 10 外 khơ 是
公道，khah 輸 i 都無夠 hiah chē 錢 thang 買，
m̄-chiah 會一直 kā 人出價，ká-sú 來惜--á 若無
入來 beh 交關，hōan-sè 1 碼 10 khơ in 會賣，
án-ni i 就買會倒--a，che mā 無法 tō，各人有各
人 ê 命。來惜--á 聽 1 下 soah gōng 神 gōng 神，
i m̄ 知世間有人 sàn gah 無錢 thang 辦嫁妝--ê，
pîⁿ-pîⁿ 是 beh 做新娘--ê nah 會差 hiah chē？看
--起來是 kāng 款妖嬌 kó-chui ê cha-bớ gín-á，
1 個就來惜，1 個 soah bóng 飼，kám m̄ 是 siuⁿ
無公平？I 講 beh kā hit tè 布 hơ 罔市小姐做嫁
妝。對方 m̄ 肯，講無應該接受生分人 ê 好意。
來惜--á 先自我介紹，講 mā 是 beh 做新娘--ê，
想 beh kap 罔市做朋友，算是朋友 kā i 添妝
ê 禮數。罔市講 i 無禮數 thang 回報，m̄ 敢接
受，m̄-koh koh m̄ 甘 hit tè 布，想想--leh，講 i

會 sái 用 hit tè 布做衫 chhun ê 布碎 á 繡 1 條手巾 á hō 來惜--á 做添妝賀禮。

　　來惜--á tńg 去厝--nih，心情一直悶悶，想講 i 是出世 tī 好 giȧh 人 tau，若講 in tau 親像岡市 hiah sàn-chiah，對方 kám 會娶--i？Kám 講婚姻就決定 tī 家庭 ê 經濟好 iah bái？厝--nih 看著普通時 lóng 真快樂 ê cha-bó͘ gín-á 這時 soah 有 kóa 憂頭 kat 面，liȧh-chún 是結婚前 m̄ 甘離開厝，也無特別有 siáⁿ 煩惱--i。過 2 工，岡市--á chhōe--來，送 i 繡好 ê 手巾 á 來 beh kā 來惜--á 添妝。來惜--á chiok 歡喜，招 i 入去房間 á 內開講，問 i beh 嫁 ê 對方是 siáⁿ 款人，i kám 看有 kah-ì？岡市--á 講是 pē 母做主--ê，i kan-taⁿ 見過 1 面 niâ，無 siáⁿ 印象，總--是做 cha-bó͘ gín-á 就是 án-ni，pē 母飼大 hàn，收人 ê 聘金 tiȯh-ài 嫁 hō͘--人，beh án-chóaⁿ 講 kah-ì iah 無！聽講 in hit pêng mā 艱苦人，爲著聘金去招會 á koh 借錢，che 是尾--á 有人風聲--出來 ê。

　　來惜--á koh 想 ka-tī beh 嫁 ê 對象，是 kan-taⁿ 無 siáⁿ thang 嫌 niâ，mā m̄ 是講有 siáⁿ 感情

無嫁--i bē sái，這款婚姻 kap 罔市--á beh 嫁--ê
有 siáⁿ 精差？若講 i kap 罔市--á 相換嫁，án-ni
會 án-chóaⁿ？好 giảh sàn lóng 是人，好 giảh 人
子弟無影講就 khah 出脫，sàn 人 kiáⁿ hōan-sè
家庭 khah 幸福。上無，in tau khah 好 giảh，會
tàng 加 kah kóa 嫁妝去幫贊 sàn 家庭，罔市--á
嫁 hō khah 好 giảh--ê mā 有 khah chē 聘金 thang
hō 厝--nih。若無，sàn--ê 愈 sàn，富上加富有
siáⁿ 意思？

I 想著這個計劃，驚罔市--á m̄ 配合，就先
招 i 結拜做姊妹 á，kā i 介紹 hō a-pa a 母 kap 兄
哥，講 i 有認 1 個小妹，算--起來，罔市--á 減
i 2 歲。Pē 母本底就 sēng--i，mā m̄ 知 cha-bó
kiáⁿ leh 變 siáⁿ báng，就順 i ê 意，認罔市--á 講
是 cha-bó kiáⁿ，koh hòat-lòh 禮數揀日子 beh 去
kap 罔市--á in pē 母熟 sāi--1 下。來惜--á 為著
計劃成功 1 半 leh 暗歡喜。

罔市 in pē 母聽 cha-bó kiáⁿ 講 kap 1 個都
市 ê 小姐結拜，m̄ 知 beh 用 siáⁿ-mih 心情 kā
cha-bó kiáⁿ 講庄 kha 人 thīn 都市人 bē 起，等

來惜--á 來拜訪，感覺是 1 個 kó-chui 美麗 ê 千
金小姐，bē 有 siáⁿ pháiⁿ 意，chiah tńg 歡喜，
想講這個 cha-bó͘ kiáⁿ 熟 sāi 貴人，有影是 beh
做新娘 á--ê khah 有福氣。就 kā 來惜--á mā 準
做 cha-bó͘ kiáⁿ 看待。

這工，來惜叫罔市去約 hit 個田庄 kiáⁿ 婿
出--來，i mā 招未婚夫來，4 個青年男女做
夥，互相熟 sāi，ta̍k-ê 年歲相當，眞緊就無
siáⁿ 生分，kan-taⁿ hit 個庄 kha 少年 khah pì-
sù，lió͘h-lió͘h--á 面就紅，m̄ 敢講話，來惜--á 本
底就欠 1 個小弟 á，感覺這個庄 kha gín-á 眞
kó-chui，若嫁--i mā bē bái。來惜--á 就 kā in 3
個少年男女講出 i ê 計劃，1 時間，in lóng tió͘h
驚，nah 會有人 án-ni？Soah lóng m̄ 敢講話，
1 個面 á 青 sún-sún，尾--á，都市青年先表示反
對，chhun--ê hit 2 個 chiah oan-na 講 bē sái án-
ni，都 kōaⁿ-tiāⁿ--a，beh nah 有這款 tāi-chì，che
會笑破人 ê 嘴，koh 講，厝--nih mā bē 答應。

來惜--á 講 i 若有法 tō hō͘ 雙方面厝--nih 答
應，in 3 個就 bē sái 反對，若無，i mā m̄ 嫁

--a, koh beh kap 罔市--á 斷姊妹 á 情。罔市--á 知影 tāi-chì 無 hiah 簡單，為無愛 hō͘ 來惜--á 無歡喜，就先答應，到 chia 來--a, chhun 2 個 cha-po͘--ê mā tiām-tiām，無 koh 講 siáⁿ。

自來惜食到 hiah 大 hàn，m̄-bat hō͘ in 老 pē án-ni 惡--過，講 i lām-sám 來，講 che m̄ 知 thang kiàn-siàu ê siáu 話，若 hō͘ 未來 ê ta-ke koaⁿ 聽--著，看 beh án-chóaⁿ？來惜--á hō͘ 人 sēng 慣勢，也無 leh 驚 a-pa siūⁿ-khì，講 m̄ 是 beh 退婚 iah 是 有 siáⁿ pháiⁿ tāi-chì，是 beh kap 小妹換 tiāⁿ niâ，án-ni nah 有犯著 siáⁿ 罪？若 厝--nih m̄ 答應，i 就決心無 beh 嫁，做 1 世人 ê 老姑婆。看厝--nih koh 有 siáⁿ 辦法 thang 阻擋--i？In a 兄 mā lóng 講 i bē 行，sian 講都 bē hoan-chhia，厝--nih giōng-beh 亂--起來。

Chhun--ê hit 3 個，tńg--去 lóng m̄ 敢 kā 厝 --nih 講起，橫直等來惜--á 解決 ka-tī ê tāi-chì 了後 chiah 講，in 心肝內 iáu 是驚惶，世間 nah 有這款 hiah 好膽，kā 婚姻當做 gín-á leh 辦 ke-hóe-á ê cha-bó͘ gín-á？

尾--á iáu 是來惜 in a-pa 讓步，講知影 cha-bó kiáⁿ 是仁慈、好心，m̄ 甘小妹過 sàn-chiah ê 生活，無，這 pêng 結拜 ê 後頭厝就 koh 替罔市--á chhôan kóa 嫁妝 kah--去，現金以外，koh kah 3 分土地，án-ni，妹婿 hit pêng 生活就 khah 快活，來惜--á mā 會 tàng 放心。

來惜--á beh 結婚 chìn 前，koh 去問未來 ê 翁婿，講 i án-ni 亂，kám 會 hō͘ i iah 是 ta-ke koaⁿ 無歡喜？Hit 個都市 ê 新郎根本都無 kā pē 母講這件事，厝--nih 無人知影這個婚姻險險就出問題，i ka-tī 感覺來惜--á 是上 kài 好 ê 姑娘，會 tàng 娶著這款會體貼 sàn 人 ê bó͘，實在是 1 世人 ê 福氣，nah 會有 siáⁿ thang 無歡喜--ê。

當然，罔市--á 這 pêng koh-khah 歡喜，就 ná 像 in 庄 kha ê pē 母講--ê，i 確實是 tú 著性命中 ê 貴人。 ✍

濁水反清清水濁

流行歌 á piān 若講著堅心 ê 愛情，就講「無論海水會 ta、石頭會爛，我 lóng 無變。」地層若發生變動，海水可能會 ta；石頭年久月深 mā 有 he 會爛--ê，m̄-koh 時間 lóng m̄ 是人類 chiah-nī 短 ê 性命等會著--ê。對愛情有這款堅持，siáⁿ 人聽了 bē 感動？戀愛中 ê 人應該 lóng bē 棄嫌對方做這款愛 ê 宣言。人類對大自然 ê 了解 kiám-chhái m̄ 是 hiah 絕對，有時 á 大自然會起 phàn，產生 hō͘ lán 無法 tō 理解 ê 大變動，góan hia 有 1 個「濁水反清清水濁」ê 故事。

這時 ták-ê lóng 知影濁水溪發源 tī 南投縣，下游流過彰化、雲林出海，hoan-sè 有人知影古早濁水溪 ê 主流 m̄ 是這 chūn 這條，ùi 南投出彰化、雲林隔界 hia，流 ǹg khah 北 pêng，主要 ê 溪是 tī 彰化縣內，hit chūn 叫做

清水溪。分叉口 ê 溪州一帶就是 ùi 頂游濁水
tī chia 沉--落來，chiah thūn--起來 ê 土地，眞
肥，種 siáⁿ-mih lóng gâu 生。Koh 來 ê 溪水，
就加眞清，變做沿岸水田上好 ê 利用。

Che 是濁水反清 ê 歷史背景，尾--á，清水
溪愈來愈 ėh，mā 愈來愈淺，到尾變做 1 條清
水溝 á，濁水溪主流改道，西螺溪變濁水溪 ê
主流，清水 koh 濁--去。地理 kap 歷史本底就
會來去重複，che 是 beh 講這個故事 chìn 前 ài
先有 ê 基礎觀念。

Góan i--á ê 後頭厝就是 ùi 西螺溪邊 ê 1 個
庄頭 á 搬去別位--ê，我 bat 問 i góan 外公 nah
會 beh 搬離開故鄉，hit chūn 我 iáu 細漢，到前
幾年 á，chiah 知影 khah 實 ê 故事。

Góan 外公有 6 個後生 2 個 cha-bó͘ kiáⁿ，
我有 1 個 a 姨 5 個 a 舅，soah 減 1 個--去，自
細漢，我就感覺奇怪，góan 3 舅 koh 落--去變
5 舅，4 舅 soah 無--去！Góan a-i 講 i ê 4 兄加
i 2 歲，自來是兄弟姊妹內底上 khiáu、上 kut-
lát koh 上得人疼--ê，hit chūn góan 外公 ka-tī 無

土地，pàk 人 ê 田作佃，有 ê 後生做農場 ê sit thâu，有 ê sì-kòe 做散工，koh 有 1 個牽牛車 leh kā 人載物件趁工錢 á。

Hit chūn，西螺溪頂 iáu 無橋，南來北去 lóng tiòh liâu 溪底，普通時水淺，chiah 淹過 kha 盤 niâ，交通 iáu 會得過，若風颱雨水期，頂流水拚--落來，kui 個溪面 ná 海--leh，眞危險。日本時代，有自動車--a，水若 liòh-á khah 深--1 下，車會去 tiâu--著，這時 tiòh-ài 用牛車落去 tàu 拖，kā 自動車救--起來，救 1 pái 5 khơ，照 hit 時 ê 物價指數來比，phēng 這 chūn 高速公路拖車 khah 貴，che 是駛牛車 ê a 舅上好趁 ê 外路 á 錢。

這個 4 舅少年就去農場做散工，田--nih 園--nih siáⁿ-mih khang-khòe lóng 做，bē 輸是賣 hō͘ 農場 ê 長工，無揀粗重 iah 輕 khó。Che 農場 ê 頭家是地方紳士，kap 當時 ê 日本大人有相當 ê 交陪，兼做庄長，眞有勢力。厝--nih 有 5 個後生 kap 2 個 cha-bó͘ kiáⁿ，聽講是無 kāng 個 bó͘ 生--ê，上大 ê cha-bó͘ kiáⁿ 嫁 hō͘ 1 個出名 ê 家

庭做新婦，完聘 ê 時 chūn，kan-taⁿ 扛 siāⁿ ê 隊
伍就 khah 長過西螺溪 ê 闊，頭行--ê 過溪--a，
尾行--ê iáu 未落溪岸。厝--nih 專工去大所在聘
請幾 nā 個先生 tńg 來做 gín-á ê 家庭教師，有
ê 教漢學 bat 漢字，mā 有教現代 ê 天文地理，
koh 有教算 siàu ê 數學 kap 教日本語，後生 kap
cha-bó kiáⁿ 規定時間上課，bē 輸 tī 厝--nih 辦 1
間私人學校 án-ni。

這個我 m̄-bat 見過面 ê a 舅是 1 個眞好玄
ê 少年家 á，khang-khòe 若 m̄ 是 kài 無 êng iah
是講有做到 1 個 khám-chām，就去 kap 頭家 ê
gín-á tàu-tīn 讀冊，無論先生教 siáⁿ-mih 課程，
i lóng kut-la̍t 聽。頭家知影也 bē 禁止 i 去，先
生看 i chiah-nī 勤學，mā 歡迎這個額外 ê 學
生。

4 舅 khah 大 hàn 了後，外公本底有想 beh
hō͘ i tńg 來厝--nih tòe a 兄做別項散工，m̄-koh
i it 著 tī hia 會 tàng 免費讀冊，雖 bóng 工錢無
chē，iáu 是 m̄ 甘離開，1 目 nih，都也幾 nā 年
--a。I 做人忠厚，性地 koh 溫馴，這幾年內，

tī 農場眞 hō 人 o-ló，連頭家 mā 對 i 愈來愈交重，農場 ê 大細項 khang-khòe lóng 交 i hòat-lòh。A 舅 tī 農場 ê 時間比 ka-tī 厝--nih khah 長，農場有 kóa khah 晏來 ê 工人，soah liàh 準講 i 是頭家 á kiáⁿ--leh。

有 1 工，4 舅 tńg--來，kā 外公講無 beh koh 去農場--a；問 i 理由，sian 問都 m̄ 講，kan-taⁿ 講 beh tòe 3 兄去牽牛車。外公知影這個 gín-á 個性強，講出就是話，mā 隨在 i ka-tī 去主意。過 2 工，農場 ê 頭家 soah 親身來 chhōe--i，講若嫌錢 siuⁿ 少，會 sái 起，m̄-thang 辭 thâu-lō。A 舅堅心講無 beh 去，kap 工價 kôan-kē 無關係。頭家 kā 外公拜託，講 tàk-ê kāng 姓兼 kāng thiāu-á 內--ê，在來 lóng kā i 當做 ka-tī ê 後生對待，食 kāng 桌飯，kap i ê gín-á 讀 kāng 款冊，有 siáⁿ tāi-chì lóng thèng 好參詳。外公一直會失禮，講 chiah khoaⁿ-khoaⁿ-á 勸--i，請頭家 mài 見怪。

第 3 工，4 舅 kap 3 舅出去 kā 人車西瓜，無 tī 厝--nih，1 個穿 chhah 眞無 kâng ê 小姐

來厝--nih，講 beh chhōe 4 舅，外公斟酌看，
chiah 知是農場 ê 千金，講是先生有教新 ê 課
程，分新 ê 冊，thèh 來 beh hō͘ a 舅。Hit 時外
媽 tú leh 洗衫，i soah khû 落去 tàu 洗，講 beh
等 a 舅 tńg--來。外公就感覺 giâu 疑，4 舅牽
牛入--來，看著小姐，面 soah 紅紅，kā 牛縛 tī
厝角 ê thiāu-á 邊，就招去外口--a。

外公 kap 外媽眞煩惱，看 pān 勢，2 個 ká-
ná 有 leh 行 ê 形，外媽講雙方面 ê 戶 tēng 差
hiah kôan，án-ni bē-sái。外公想 khah 斟酌，i
講互相 lóng 姓鍾，是無一定 kāng thiāu-á 內，
總--是 kāng 姓就 bē-sái 做親 chiâⁿ，che 無 kā in
擋--1 下，早慢會出 tāi-chì。

Hit 工，一直到食暗飽 4 舅 chiah ka-tī tńg--
來，外公當眾後生 ê 面前 kā i 叫--來，問 i 是
m̄ 是有 kap 人 lām-sám 來，對方是有錢有勢 ê
人，是頭家，koh 是 pîⁿ-pîⁿ 姓鍾--ê，lán 裼赤
kha--ê thīn 人穿皮鞋--ê bē 起。4 舅講是外公誤
會，小姐 kap i 就 ká-ná 外口人 leh 講 ê 同窗關
係 án-ni，tī 學業上相稽考相勉勵，m̄ 是外公所

想--ê án-ni。

差不多半年，4 舅 lóng 無 koh 去農場，頭家大概 mā 準 tú 好--a，就無 koh 來招 i 去 tàu kha 手。4 舅駛牛車 ê 時，手--nih 隨時 lóng chah 冊 leh 看，普通時面 á kat-kat，kap 人無話無句，mā 無人知 i leh 想 siáⁿ。有 1 pái，1 台坐日本人 ê 烏頭 á 車 tiâu tī 溪底，4 舅用牛車 kā i tàu 拖--起來，he 日本人看 4 舅手--nih hit 本冊，用日本話問--i，4 舅 mā 用 kāng 款話 kap i 講，2 個人 soah tī 對岸 ê 西螺岸邊坐 tī 塗 kha 開講 1 poⁿ。尾--á，3 舅問 in 是講 siáⁿ，chiah 講是 hit 個日本人是 1 個文學家，kap i 討論文學 ê tāi-chì。對庄 kha 人來講，che 是眞稀奇--ê。總--是，4 舅是 1 個牽牛車 ê 文明人。

Tāi-chì 就發生 tī 有人 beh kā 農場 ê 小姐做 hm̄ 人，小姐 m̄ 嫁，in 老 pē 逼 i 講年歲也有--a，對方 koh 眞 sù 配，nah 會 m̄ 嫁，kám ka-tī 有 siáⁿ phah 算。Cha-bó͘ kiáⁿ khah 好膽，講 beh 嫁 góan 4 舅。Che 是眞嚴重 ê tāi-chì，身份無合--無打緊，kāng 姓--ê tī hit 時 ê 社會是

絕對無可能婚配。頭家來質問 4 舅, 罵 i 忘恩
背義, 食人 ê thâu-lō soah 拐人 ê cha-bó͘ kiáⁿ,
bē 輸餉 niáu 鼠咬布袋--leh, 對鍾--家 ê 祖先
看 beh án-chóaⁿ 交帶。4 舅 tiām-tiām lóng 無應
gah1 句話, 頭 lê-lê 據在人罵。頭家 beh 走 ê
時, 放 1 句話講:

「若 beh 娶 góan cha-bó͘ kiáⁿ, 聽候濁水溪
水反清 chiah 來 kap 我講!」

熱--人 kāu 風颱, hit 年做大水, ùi 頂游
流落來眞 chē 物件, 連眠床 mā 浮 tī 溪--nih,
上 chē--ê 是山頂 ê 大叢樹 á, hō͘ 風颱 khau--起
來, 大杉流--落來, 沿溪 ê 人 lóng 去勾大柴,
眞 chē 木材 lóng 是眞有價值--ê。4 舅 mā 用勾
á tàu 粗索 á kap 人 leh khioh 大柴, hiông-hiông
1 khơ chiok 大叢 ê Hinoki 流--來, 4 舅勾--著,
水眞 chhoah 流, 人 kap 水 leh 拚力。結局,
4 舅就 hō͘ 大杉拖落去濁水溪, 死體 tńg--來 ê
時, i ê 面 koh leh 出力 ê 款勢。

有人 tī 4 舅邊--á, 看 pān 勢 m̄ 好, 叫 4 舅
放手, koh beh kā 4 舅 ê 手剝離開大索, m̄-koh

4 舅手 gīm chiok ân, 目 chiu gîn-ò-ò, 叫人 mài chhap 手, hit 時, 若無放手, hōan-sè mā 會 tòe 4 舅 hō͘ 大水捲--去, in 講 4 舅 ká-ná m̄ 是 it 著 大柴 m̄ 甘放, 是 leh chhōe 死 ê 款。

風颱大水了, 西螺溪 ê 水變 gah 眞清氣, bē 輸 hit 場大水是天公伯--á 專工 beh 來洗盪人間 ê òe-sòe, 還天地 1 個清氣相。Tī 溪 á 底作 sit ê 工人看著 ká-ná 有 siáⁿ 物件 tī 水--nih, liâu óa 去看斟酌, 是農場 ê 小姐。Hit 時水眞淺, 無可能會淹--死人, tiāⁿ-tiòh 是決心 beh chhōe 死, 專工 kā 頭殼 tuh tī 水--nih。

事後, 有風聲傳--出來, 講醫生驗屍發現 hit 個小姐有身 3 個月--a。當然, che mā 無眞確實, 醫生是農場頭家 ê 朋友, 話 bē chhìn-chhái kā 人講。

Góan 4 舅 beh 出山 ê 時, 農場頭家有來, i kā 外公講 beh kā 2 個少年人 tâi 做夥, 所有喪事 lóng i beh hòat-lòh。外公也無意見, 無人怨嘆 siáⁿ, che 是各人 ê 命, beh 怨就怨 in 無應該出世 tī 姓鍾 ê 家庭。

Koh 來長長 ê 日子，溪邊 ê 人無 koh 用溪
水 ê 清 kap 濁做咒 chōa，天地 ê tāi-chì m̄ 是人
會 tàng chhiâu 測--ê。總--是，濁濁 ê 大水 beh
奪 góan hit 個我 m̄-bat 看--過 ê 4 舅 ê 命 mā tioh
i ka-tī 歡喜甘願。清清 ê 淺水也 bē tàng 阻擋
hit 個小姐 ê 決志。濁水反清清水濁真正 ê 意思
就是 án-ni。✍

再會，故鄉 ê 戀夢

故鄉，作家用詩歌、文學作品一直 leh 心悶--i，音樂者譜思鄉 ê 樂章，藝術者用彩筆畫 i 牽牽纏纏對故鄉 ê 情愁。故鄉是人類上根本 ê 戀夢，無戀愛--過 ê 人，mā 有故鄉 tī 無眠 ê 暗暝 hō i thang 思戀。人類 ê 記智 m̄ 是真好，m̄-koh beh kā 故鄉放 hō bōe 記--得，是真 oh--ê。

A 瑞--á khah 早讀大學 bat kap 我修過 kāng 1 種課，尾--á koh tng--著，kap 我 koh 開始有 leh 來去，i 是宜蘭人，講話酸酸軟軟(suiⁿ-suiⁿ núi-núi) hit款--ê，照講離台北無 kài 遠，m̄-koh i 自離鄉了後，就 m̄-bat koh tò-tńg--過，hō 鄉愁牽掛 20 外年，最近 kā 我講決定 beh tńg 去行--1 chōa，問我 ài chhôan siáⁿ-mih。我講對久年無返鄉 ê 人來講，上好 ê 等路就是 chah 1 tè 思念故鄉 ê 戀歌，沿路唱 hō ka-tī 聽。這個離

鄉 ê 故事是 A 瑞講 hō 我聽--ê。

　　我讀 ê 國中離 góan tau 行路免 20 分鐘久，我上愛 tī 放學 ê 時 chūn kap 坤--á 做伴行田邊 ê 路 á tńg--來，beh 暗 á 時 ê 風 ùi 蘭陽溪 hit pêng 吹--來，bē kôaⁿ kan-taⁿ hō 人感覺清爽，連勾頭 tng 結 kūi ê 稻 á mā tòe leh 跳舞，有時會有野兔 ùi 田--nih chông--出來，góan 就一直 jiok，m̄-koh lóng liàh i bē 著。這時 góan 會 ná 行 ná 唱歌，hit chūn góan kan-taⁿ 會 hiáu 唱 kóa gín-á ê 唸歌，親像「白鴿鷥 chhia 糞箕，chhia 到溝 á kîⁿ」iah 是「Óe, óe, óe, 台灣出甜粿，甜粿真好食，台灣出柴屐」這款--ê，koh 有時 á góan 會比賽，ùi 出校門無 jōa 遠 beh 到田岸 á 路 chìn 前 hit 條圳溝開始，走到 góan 庄前 hit 條溝 á 頂 ê 枋 á 橋，講是比賽，m̄-koh góan lóng 無認真走，橫直走贏也無 siáⁿ 意思，ná 走會 ná 起 kha 動手，相 giú 相 cheng，mā m̄ 是真正 ê oan-ke 相 phah，就是變 sńg 笑 án-ni，日子過了無真心適，m̄-koh mā bē bái。

　　國中二年 ê 下學期，Hisu 轉來 góan 學

校，i是 Hoa-lian ê 原住民，無老 pē，老母嫁
hō góan 庄--nih ê 旺叔--á，算 tòe 轎後來--ê。
I有1個漢名，m̄-koh 我普通時 á 就叫 i Hisu，
這 chūn soah bōe 記得另外 hit 個名。Hit chūn
kôaⁿ--人 iáu 未過，田岸邊 ê 草 á chíⁿ-chíⁿ 青
青，有細細蕊 á 黃黃 ê 花 á 濫 tī 內底，m̄ 驚
kôaⁿ ê 蝶 á kiáⁿ 出來學飛，大概技術無 kài 好，
姿勢柴柴。Góan 3 個學生 gín-á mā ná 行 ná
chhit-thô，Hisu 眞 gâu 唱歌，i 唱--ê 我聽無，
有 tang 時 á 我會問--i，講是「I--na ê 歌」，
就是唱 hō a 母 ê 歌，講 in I-na ê Vugus 長長，
Mata 烏烏，愛食 Ichup，m̄-koh lóng 會煮好食
ê Manavi。Hit 時我有 tòe i 學 kóa in ê 話，這
chūn lóng bōe 記--得 a，kan-taⁿ 記 1 kóa khah sù
常--ê，Vugus 是頭鬃，Mata 是目 chiu，Ichup
就是檳榔，Manavi 講是食暗。

　　我 iáu 會記得 Hisu tī 圳溝邊 ê 草埔 á 頂教
góan 跳舞，學校 mā 有教跳舞，比--起來，先
生教--ê 眞無心適，kan-taⁿ tòe 音樂徙 kha 步，
有--是手 tī 頭殼頂搖--1下 niâ，Hisu 教 ê 舞身

軀 ài tòe leh 搖 tòe leh ngiú。起先，我 kap 坤
--á bē 慣勢，無愛跳，i 就 ka-tī 跳，án-ni mā
跳 gah 眞歡喜，無 jōa 久，mā m̄ 知 án-chóaⁿ，
góan 2 個就 tòe i 跳--起來 a。Góan 3 個放學做
夥 tńg--去，我 kap 坤--á kāng 款會走相 jiok，
i 就做裁判，贏 ê 人，i 會賞 1 頂用花草編 ê
帽 á，i 講 hit 款帽 á tiòh-ài 勇士 chiah 有資格
thang 戴，走 pio 贏--ê mā 是勇士。若講勇士，
坤--á ê 漢草比我 khah 好，在來 tī 學校，我成
績 lóng 保持上好--ê，kan-taⁿ 體育輸坤--á，i
成績 mā bē bái，精差個性放放，愛 phah 球、
走跳，無全心讀冊。Góan 2 個 tī 學校是眾人
lóng 知 ê 好朋友，bat 有同學講我 ê kha-chhng
後話，講我 gâu 讀冊就 hiau-pai，hō͘ 坤--á 聽
--著，chhōe i beh oan-ke，講我 m̄ 是 hiau-pai ê
人，m̄-thang 冊讀輸--人就 o͘-pèh 生話。我個
性眞無愛 kap 人 oan-ke phah 不睦，mā bē 有人
beh kāng--我，若 beh 講「勇士」，坤--á chiah
有夠格。雖 bóng 是 án-ni，我 iáu 是眞 gâu
走，若比走 khah 緊，我 bē 輸--i，比走久--ê，

我 m̄ 是對手。我做勇士戴花草帽 á ê 機會比坤 --á khah chē，有時 á 我會放讓 i 贏。

　　Hisu in I-na 嫁 hō 旺叔--á 人講是用錢買 --ê，旺叔--á thėh 20 萬 hō in I-na 還債務，庄內人 lóng 講旺叔--á 用錢買番 á，我真氣，學校老師有教--過，ài 講「原住民」，叫人「番 á」是真無禮貌真野蠻--ê，叫人「番 á」--ê ka-tī chiah 是番 á，Hisu tú 來 góan 這班 ê 時，老師 koh 特別交帶，講「原住民」是台灣 tī 藝術上真有成就 ê 民族，叫 góan ài 愛護 Hisu，koh 講 góan tòa 宜蘭 ê 人，大部分 mā lóng 是平埔 ê 原住民，古早叫做「gabalan」。Góan tau ê sī 大人講 he 是老師 o͘-pėh 講--ê，góan lóng 是漢人，m̄ 是番 á。我 m̄ 知 siáng 講了 khah tiȯh，m̄-koh Hisu 是原住民，我 soah khah 愛做原住民。

　　旺叔--á 愛 lim 燒酒是通庄 lóng 知--ê，前 --á hit 個 bó͘ 就是氣 i lim 燒酒，尾--á 聽講 kap 坤--á in a-pa 有關係，kap 旺叔--á 離婚走--去 ê，到 taⁿ 2 個 iáu 結死冤無講話。娶這個 bó͘ 了

後，khang-khòe 猶原放 hō͘ Hisu kap in I-na，無論田--nih iah 是厝--nih ê。本底我聽人講原住民興燒酒、pîn-tōaⁿ 兼 lám-nōa，看--起來 soah 倒 péng。有 1 個禮拜日，我功課寫了，a-pa 喊我牽牛去圳溝 kō͘ 浴，想著旺叔 ê 田就 tī ǹg 東 koh 行差不多 10 分鐘久 niâ，這 chūn Hisu 應該 kap in I-na tī 田--nih，就 kā 牛索 á khơ tī 溝 á kîⁿ ê 1 支 khit-á，放 i ka-tī tī hia sńg 水。有影 Hisu kap in I-na tī 田--nih khau phōe-á，4--月 ê 日頭也有 kóa 熱--a，3 個人 lóng 戴笠 á，我想講今 á 日旺叔--á nah 會 hiah kut-la̍t，也會來 tàu 作，行 óa 看 1 下眞，chiah 知是坤--á，i 會來 kā Hisu tàu 作 sit m̄ 是 siáⁿ-mih jōa 意外 ê tāi-chì，精差我 ka-tī 顧讀冊，無 khah 早想著 ài 來 tàu- saⁿ-kāng niâ。坤--á 講 in a-pa 對旺叔--á 感覺 pháiⁿ-sè，無反對 i 來 tàu kha 手，驚影響我 ê 功課，m̄ 敢招--我，橫直 i 成績也無 leh kài 好，加減 kā in 做 kóa khang-khòe，看旺叔--á 會 khah bē 氣 in 老 pē--bē，mā khah 肯 hō͘ Hisu 繼續讀冊。我講若有時間 mā 會來 tàu kha 手。

Hit 工我 tńg 去到圳溝 á 邊，soah chhōe 無我 ê 牛 káng，我索 á 應該有 ân-ân khơ tī khit-á 頂，nah 會牛會走--去？Kám 講 hō 人偷牽--去？應該是 bē--lah，自來 góan chia 風氣眞好，罕得聽講有人 tióh 賊偷。我沿圳溝一直 chhōe--落去，下流 mā 有牛 leh kō 浴，m̄-koh lóng m̄ 是 góan tau hit 隻。我 phàng 見牛--a，這聲穩 hō a-pa phah--死，若 chhōe 無牛，我 m̄ 敢 tńg--去，就去 bih tī 竹林內 1 個 hō 草 á 圍--起來 ê pōng 空內，哭 hō ka-tī 聽，哭 gah thiám，我就睏--去 a。我會記得 ká-ná 有做眠夢，夢見 siáⁿ-mih 我就 bōe 記--得 a，he 是 20 幾年前 ê tāi-chì--a，kan-taⁿ 知影目 chiu thí 金，就看著坤--á，hit 個 pōng 空是我 kap i 發現--ê，góan 有藏 chhit-thô 物 á tī chia。厝--nih ê 人 chhōe 無我，去坤--á in tau 探，就知 thang chhōe tùi chia 來--a。牛根本無 phàng 見，góan a-pa 去巡田水，看著牛就 kā 牽--tńg 來，害我 m̄ 敢 tńg 去厝--nih。我 bat 想--過，若 beh 叫 Hisu 選，i khah 愛 kap 我 tàu-tīn iah 是坤--á？這款問題

是無公道--ê，親像叫我選看 khah 愛 góan 老 pē
iah 是老母 kāng 款，beh án-chóaⁿ 選？In 2 個
lóng 是我性命中眞重要 ê 人，我無法 tō 忍受
失去其中 1 個，我 mā 無 beh kap 坤--á 競爭，
個人去得著 Hisu ê 感情，m̄-chiah 走 pio ê 時，
góan 會互相相讓，比較上，我感覺 Hisu 對我
比坤--á khah 好，3 個人 tàu-tīn ê 時，i ká-ná
kap 我 khah 有話講。Tiāⁿ-tiāⁿ 上課 ê 時 chūn，
i 會 òat 頭對我笑--1 下，我感覺面燒燒，精神
做 1 下好--起來。你講 che 是 m̄ 是 leh 戀愛？
He 是我國中二年尾 ê 時 chūn，應該是 15 歲 ê
gín-á，kám 知影 thang kap 人戀愛？

　　我 bat kā 厝--nih 講 beh 去 kā 旺叔--á tàu
做 khang-khòe，去 hō a-pa 罵，講 ka-tī 厝--nih
都 leh 欠 kha 手，若 beh 做 bē 做厝--nih ê。
Góan tau 重視教育，大兄大學畢業了後留 tī 台
北食 thâu-lō，我是 ban-á kiáⁿ，讀有冊，chiah
會 m̄ 甘 hō 我落田作 sit，nah 有 êng 工去做別
人 ê khang-khòe。Hioh 熱 ê 時，1 半 pái-á，我
會趁牽牛去食草 iah 是 kō 浴 ê 時 chūn，chhu

去田--nih chhōe--in，加減 tàu-saⁿ-kāng--kóa。
坤--á 眞捷去，我想講旺叔--á 一定無 hiah 氣坤
--á in a -pa--a。Kap in 做 khang-khòe mā 眞心
適，Hisu in I-na 比 i khah gâu 唱歌，無論 jōa
艱苦 ê sit-thâu，in lóng ná 做 ná 唱歌，ká-ná 世
間無 siáⁿ thang 煩惱--ê，莫怪坤--á hiah 興來，
做 bē siān，精差我 lóng 隨 hō͘ 人叫--tńg 去。

　　有 1 個 Lán-lâng 7 月半過了 ê beh 暗 á 時，
坤--á kap Hisu 來 chhōe--我，2 個 soah 面憂
面 kat，講有 tāi-chì beh kap 我參詳。坤--á 講
我是 in 2 個上好 ê 朋友，chiah 會來求--我。
Góan bih tī hit 個竹林 ê pōng 空內講，Hisu 有
身--a，旺叔--á 知影這個 tāi-chì，氣 gah phut-
phut 跳，講 tiāⁿ-tioh koh 是坤--á，in pē-á kiáⁿ
欺負 i 旺--á 過頭，1 個 sńg in bó͘，1 個連 in 未
成年 ê cha-bó͘ kiáⁿ mā 敢，講 beh chhōe 坤--á in
老 pē 算 siàu，mā beh 告坤--á，這條罪眞重。1
時 Hisu kap in I-na 勸 i bē 翻 chhia，koh 驚 tāi-
chì bú 大條，臨時騙講是 kap 我有 ê gín-á。旺
叔--á 有欠 góan tau 人情，眞尊重 góan a-pa，

án-ni 講 i chiah bē liàh-kông。

我心肝內空空，天地 lóng 無 kâng--a，我知影，我一直 lóng 知影，我是 leh 騙 ka-tī，hit 工我 phàng 見牛無想 beh tńg--來，m̄ 是為著牛，是心肝內知影 in ê 關係比我 khah 親近 leh 艱苦。Hisu kap 我講 khah chē 話是 i kap 坤--á 根本好 gah 免講話互相就了解--a。我當然答應，我 beh án-chóaⁿ 拒絕？我上好 ê 朋友 kap 我內心意愛 ê 人。In 講我會 sái kā 厝--nih 講實話，mài hō͘ 旺叔--á 知就好。beh 做好漢就做 khah súi-khùi--leh，我連 a-pa 都無解說，誤會就誤會，che 一切對我來講，lóng 無 siáⁿ 意義--a。庄--nih kap 學校 lóng tòa bē 落--去，我辦轉學去台北 óa 大兄，就無 koh tńg 去宜蘭，án-ni 20 幾年--a，愈久就愈 m̄ 敢 tńg--去。

是--lah，這 pái ê 返鄉，對我有眞大 ê 意義，我 m̄ 知坤--á kap Hisu 尾--á 變 án-chóaⁿ，mā 無想 beh 知。我 kan-taⁿ 會 tàng chah 1 tè 少年時代失落--去 ê 戀歌做等路沿路唱--tńg 去，再會，故鄉 ê 戀夢！✍

顧口--ê kap 辯士

人生有眞 chē tāi-chì hō lán bē 按算--得,
原本我 m̄ 是 beh 做作家--ê, 尾--á, 時代變
遷, gín-á 時我所夢想--ê, soah bē-tàng 實現,
m̄-koh 到這 chūn 倒 tńg 去想, mā 心適心適。
我細漢就講話 bē 清楚, 大舌 koh 興 thih, 應該
m̄ 是口才 jōa 利 ê kha-siàu, 想 bē 到這時會 tī
電台做節目, 講--來 kap 我 gín-á 時代去學 beh
做辯士, 所受 ê 訓練有關係。

我出世 ê 庄 kha 眞 sàn-chiah, 人類所有 ê
ǹg 望 lóng tī 塗--nih, péng 塗 chhōe 食--ê m̄ 是
kan-taⁿ 鴨 á chhōe tō-ún niâ, 人用犁、鋤頭這
類 ê ke-si tàu kha 手, 塗 péng 了 koh 再 péng,
生出會 hō 人活命 ê 食物。有人 péng thiám-
-a, 去外地 chhōe 生路, 會 tàng kui 工 kha 手
清氣 tam-tam ê 日子 ná 像天堂。烏松叔--á 就
是 án-ni chiah 去做辯士--ê, i m̄ 是 góan 庄--nih

ê 人，m̄-koh 庄 kha 就是庄 kha，去到 toh 位都
kāng 款 sàn gah hō 人 tióh 驚。I 是 góan a-pa 做
兵 ê 朋友，退伍了後，koh 有 leh 相 chhōe，
我讀國校 beh 升 4 年 ê hioh 熱，i 穿 gah 眞紳
士款，講這 chūn m̄ 是「烏松」，i 叫做「里
見」，che 是 i ê 辯士名，i 頭 pái 正式 giáh
maikhuh 做辯士就是日本片「里見八犬傳」，
m̄-chiah 號這個名記念。

Hit chūn a-pa 拜託 i chhōa 我去都市學師 á
做辯士，i 1 世人 pháiⁿ 命定--a，做人 ê 大 kiáⁿ
ài 留 tī 田--nih 做塗牛，m̄-koh 我這個後生眞
gâu 讀冊、眞乖 khiáu，作 sit siuⁿ phah 損。烏
松叔--á 眞正 kā 我考試，考 siáⁿ-mih--ò，當然
是考台語！Che kap 我這時 chūn 選擇用台語寫
作應該有關係 chiah tióh。

聽講古早 ê 電影是有影無聲--ê，需要有人
解說劇情 hō 觀眾聽，che 就是辯士 ê 起頭，
尾--á 有眞 chē 西洋片、日本片，雖 bóng 有聲
--a，m̄-koh 字幕看無 ê 觀眾 iáu 是需要人用台
語翻譯--出來，辯士 koh 愈重要。烏松叔--á

寫幾 chōa 漢字，叫我用台語講出意思，ài 講 hō͘ góan i--á kap a 公、a 媽聽有，in lóng kan-taⁿ 聽有台語 niâ。我需要 kā 這款 ê tāi-chì 先講 斟酌，koh 來 chiah 有法 tō 講「顧口--ê kap 辯 士」發生 siáⁿ-mih tāi-chì。

里見先--ê 是 tī 二林街 á 1 間戲園做辯士， 古早話 ê 戲園這 chūn 叫做戲院，kan-taⁿ 二林 街 á 就有 3 間，thang 知影台灣人興看戲 ê 個 性。1 間戲園上少 mā ài 有 4 個人，1 個 tī 機 房放影片，1 個是 kāng 款 tī 機房 ê 辯士，另 外 1 個 tī 戲園 ǹg 外口 ê 窗 á 內賣戲票，上尾 --á 1 個就是顧口--ê，人客 beh 入場 ài 看票， 若無大人 chhōa ê gín-á tio̍h-ài 買半票，學生 kap a 兵哥若無穿制服 tio̍h-ài 看證件 chiah 會 sái 買優待票。顧口--ê lóng 會 koh 兼顧鐵馬， hit chūn iáu 無人駛車去看電影，連騎 o͘to͘bai--ê 都眞罕--得，戲園邊 lóng 有搭 1 排棚 á hō͘ 鐵馬 khē khah bē 淋雨曝日，鐵馬寄 hia ê 時，顧 ê 人會 kā 3 聯單，lì 1 張貼鐵馬 ê 手 hōaⁿ-á 頂， 1 張 hō͘ 寄 ê 人保管，ài the̍h hit 張單 chiah 會

tàng 領鐵馬，最後 1 張就留 leh 做憑據，chiah 知今 á 日 lóng 總寄幾台，有幾台鐵馬無人領 --tńg 去。本底有 1 個 a 伯專門 leh 寄車--ê，尾 --á siuⁿ 老破病，就無 koh chhiàⁿ--人。

放影師 kap 辯士是專門技術--ê，lóng 是 cha-po͘--ê，賣票是兼管錢--ê，khang-khòe 輕 khó 責任重，lóng 是頭家 ê 人 leh hōaⁿ，顧口 ài kap 人客 chih 接，就 cha-bó͘ gín-á khah 有耐 性，工錢 mā 免 hiah kôan。A 蘭自 17 歲起就 tī chia 顧口，目 1 下 nih mā 3 年--a，khang-khòe 上 ài kap 人客面對面，眞 chē 人 bat，tī 地方應 該算是出名人。我頭 pái 看著 A 蘭是 tī 學校集 體去看「東京世運會」ê 影片，beh 1 千個學 生入去戲園，1 個 1 kho͘，i tī 門嘴算人頭，bú gah kui 身軀汗，m̄-koh i 面--ê iáu 是笑容，ká-ná 眞歡喜學生去看這支電影片 ê 款。

里見先--ê chhōa 我去 ê 頭 1 工，A 蘭 o-ló 講「里見先--ê 看會 chiūⁿ 目--ê，tiāⁿ-tio̍h 是眞 優秀 ê 師 á」。辯士 tio̍h-ài 電影開始放 chiah 有 khang-khòe，我就 tī 戲園門嘴 kā A 蘭 tàu 顧

口，hō i 去處理寄鐵馬 ê tāi-chì。庄 kha 戲園無
時行清場，隨時會 tàng 入場看續後場，上尾場
做 1 半了後，就開戲園 ê 小門 hō 無買票--ê 會
tàng 入去看，民間所講 ê「khioh 戲尾」就是
這款情形。A 蘭寄鐵馬 ê khang-khòe 處理了，
專工 tī 戲園前買 1 kōaⁿ 鳥梨 á 糖 hō--我，答謝
我 tàu kha 手，看 i 妖嬌 ê 笑容，連 chiah 10 歲
gín-á ê 我都去 hō sahⁿ--著。

　　Hit 暗，里見師父專工請我去三六九食堂
食飯，A 蘭是陪賓。食堂就是這 chūn 講 ê 餐
廳，三六九是看板名，hit chūn 有電話--ê iáu
真少，地方電話 lóng chiah 3 碼 niâ，意思是
二林局 ê 369 番，人若 khà 電話 beh 叫菜，免
koh 查電話番。Chia ài koh 解說--1 下，戲園是
e-po͘ 1 點 1 場、3 點第二場，頭場無辯士，hō
看有字幕 ê 人客 ka-tī 觀賞，第 2 場 kap 暗時 7
點、9 點--ê lóng 有辯士，e-po͘ ê 5 點到 6 點半
算 hioh-khùn 時間，góan chiah 會有 êng thang
去食堂食暗，he 是我頭 pái 去餐廳食飯，koh
有妖嬌 ê A 蘭小姐 kā 我挾菜，bē 輸有看著我 ê

辯士前途是 hiah-nī 光明。

　　我 ê 功課是 tī 機房見習，聽師父 kā 1 支外
國片，用台語講出 i leh 做 siáⁿ，連戲內底人物
講 ê 話 mā ài 用台語學演員 ê 口氣講--出來，格
cha-bó͘ 聲、老人聲 kap gín-á 聲。外國人 ê 名
奇奇怪怪 koh lò-lò 長，mā 改做台灣式--ê 親像
A 雄--á、A 惠--á 這款--ê，góan 師父上捷用--ê
cha-bó͘ gín-á 名就是 A 蘭。我 leh 想講 i kám 是
kap A 蘭 leh 戀愛？暗時，我 tòa 師父 in tau，
i 有娶 bó͘--a，師父娘眞 súi，mā 對我眞好，有
人講學師 á ài kā 頭家娘洗內褲，góan 師父娘
顚倒 leh 替我洗衫 á 褲。師父 mā kap in bó͘ 感
情眞好，nah 會 koh leh kap A 蘭行？我愈想愈
hoe，大人 ê 世界 hiah-nī 複雜，我 sian 想都想
bē hiáu。

　　我頭 pái thèh maikhuh 講話是 tī 1 支叫
做「桃太郎」ê 日本片，主角是 gín-á，師父
前 1 工叫我 kā i ê 台詞記 hō͘ 好，第 2 工第 2
場，gín-á 講話就 hō͘ 我做替聲演員，m̄ 知 án-
chóaⁿ，我 bē 眞緊張，大概天生膽頭就眞在，

師父講我學辯士 siuⁿ phah 損人才，應該做演
員 khah 有利純。頭 pái 我講了，A 蘭專工買 1
罐 namune 汽水請--我，表示慶祝。桃太郎了
後，我無機會 koh 做主角 ê 辯士，m̄-koh 有 1
項是我專門 bauh ê khang-khòe，tiāⁿ-tiāⁿ 有人
來戲園 beh chhōe--人，chit-má 是用 phah 字幕
--ê，hit chūn 全 m̄ bat 字--ê，tioh-ài 辯士用講
--ê，親像「某某人外 chhōe」，有時 á khah 要
緊--ê 親像「A 國--á，lín bó 生--a，緊 tńg 去做
老 pē」，iah 是「開百貨店 ê A 生，lín hia 有人
客 beh 買物件，lín bó m̄ 知價 siàu，紅龜粿印 1
個 jōa chē？」這款--ê lóng 我 leh 講，這款服務
有 leh kā 人收錢，講 1 kái 1 khơ，免交 hō 戲園
頭家，師父就 kā he hō 我做所費，差不多 1 工
lóng 有 2、3 khơ gûn，眞好空。

　　Chái 起時無 siáⁿ tāi-chì，師父 tiāⁿ-tiāⁿ 會
愛去釣魚，留我 tiàm 厝--nih 寫學校規定 ê 作
業，i 講冊若讀無好 bē-sái 做辯士。有 1 日
beh 晝，師父娘買菜 tńg--來，hiông-hiông 問
我 A 蘭 ê tāi-chì，koh 問我感覺 i 做人 siáⁿ 款。

我起煩惱，雖 bóng 我 m̄ 是真了解大人 ê tāi-
chì，m̄-koh 加減 mā 知影有 ê tāi-chì bē sái
chhìn-chhái 講，就 tiām-tiām。師父娘也無勉
強我講，入去灶 kha 炒菜，我心內感覺對 i 真
pháiⁿ-sè，che 也是無法 tō ê tāi-chì。

　　師父 lóng 差不多 2 點半過 chiah 會來戲
園，我就先來 kā A 蘭 tàu kha 手，góan 2 個配
合愈來愈熟手，i 若 leh 無 êng 別項 khang-khòe
我就自動替 i 顧口，有時 á 頭家來，問講「A
蘭去 toeh？」我會 chhōe 1 個理由掩 khàm，hit
工 m̄ 知 án-chóaⁿ，我顧 kui pơ，A 蘭 soah lóng
無看見人影，一直到第 2 場 beh 開始--a，chiah
看著 i 目 khơ 紅紅 chông--來，師父 mā 無意無
意 tòe i kha-chhng 後 lok-sōng lok-sōng 行--來，
我 kā lì ê 票根交 hō A 蘭，就 tòe 師父入去機
房。電影開始放新聞片 kap 見本片 ê 時，師父
講 i 人無 siáⁿ 爽快，叫我替 i 講，hit 支片我無
熟，師父講無要緊，橫直是笑 khoe 片，照我
ê 感覺講就好。我 iáu 是 m̄ 敢，tú 好頭家入--
來，師父就 ka-tī 講，kā 笑 khoe 片講 gah 真無

精神，我看著頭家面色臭臭。

Hit 暗我 tńg 去師父 in tau，看 i kap 師父娘 oan-ke，tang-sî-á 是師父娘去投戲園 ê 頭家，講 A 蘭 bē kiàn-siàu，kap góan 師父有曖昧關係，頭家 chiah 會專工叫 in 2 個去問。師父講 i 根本 kap A 蘭也無 án-chóaⁿ，是師父娘 kāu giâu 疑，害 A 蘭 bak 著 pháiⁿ 名聲，以後 tī 街--nih beh 怎樣做人？師父娘 kan-taⁿ 哭，無應 gah 1 句話，翻 tńg 工，就 tńg 去外家--a。

Kāng hit 工，A 蘭 mā 無來戲園顧口，頭家講 i 辭 thâu-lō--a，hō 我 5 khơ，叫我先代班，bîn-á-chài chiah koh chhōe 1 個顧口--ê。我趁這 5 khơ gûn 並無 kài 歡喜，頭殼內 kui e-pơ lóng leh 煩惱 A 蘭小姐。

過 1 禮拜，師父去 chhōa in bớ tńg--來，講換 beh 去南部 ê 1 間戲園上班，無法 tō chhōa 我去，叫我 tńg 去好好 á 讀冊，辯士這款行業緊早慢會無時行，親像我 chiah khiáu ê gín-á，將來一定有出脫。

了後，我 bat koh 去 hit 間戲園看電影，顧

口--ê 換 1 個小姐 m̄ bat--我，賣票--ê iáu 會記
得我，講免買票，叫顧口--ê hō͘ 我入--去。辯
士講話老人聲老人聲，我聽著眞 bē 慣勢，電
影看 1 半，soah 插講有人 beh chhōe--我，tang-
sî-á 是 A 蘭，i 講有 bat--我 ê 看著我入戲園，
報 i 知--ê，i 眞思念--我。

　　A 蘭請我去冰果室食冰，講 i leh 做車掌，
kap 1 個司機訂婚--a，koh 3 個月就 beh 嫁--a。
我一直想 beh 問 i kám 眞正有 kap góan hit 個里
見師父戀愛--過？想想--leh soah 無想 beh 問，
總--是，親像車掌 kap 司機、護士 kap 醫生 án-
ni，顧口--ê kap 辯士戀愛 mā 是 sù 常--ê。

　　舊年，有 1 pái góan a-pa 聽我電台 ê 節目
了後，kā 我講：

　　「你 kám 會記得 hit 個烏松叔--á？I khah
早 mā tī 電台 leh 講古 neh！」 ✍

〔附錄〕

《拋荒的故事》
有聲出版計畫(共六輯)

第一輯：1.地理囡仔先
　　　　2.新婦仔變尪姨
　　　　3.改運的故事　　　　　　田庄
　　　　4.大崙的阿太佮砂礐　　傳奇紀事
　　　　5.指甲花
　　　　6.牽尪姨

第二輯：1.愛的故事
　　　　2.濁水反清清水濁
　　　　3.顧口--的佮辯士　　　　田庄愛情
　　　　4.再會，故鄉的戀夢　　婚姻紀事
　　　　5.來惜--仔佮罔市--仔的婚姻
　　　　6.發姆--仔對看的故事

第三輯：1.離緣
　　　　2.翕相師父
　　　　3.紅襪仔廖添丁　　　　田庄
　　　　4.戀清--仔買獎券著大獎　浪漫紀事
　　　　5.咖啡物語
　　　　6.山城聽古

第四輯：1.沿路 tshiau 揣囡仔時
　　　　2.飼牛囡仔普水雞仔度
　　　　3.抾稻仔穗　　　　　　田庄
　　　　4.甘蔗園記事　　　　　囡仔紀事
　　　　5.十姊妹記事
　　　　6.來去掠走馬仔

第五輯：1.乞食：庄的人氣者
　　　　2.Lôo-muâ 松--仔
　　　　3.樂--仔的音樂生涯　　田庄
　　　　4.痟德--仔掠牛　　　　人氣紀事
　　　　5.祖師爺掠童乩
　　　　6.純情王寶釧

第六輯：1.印尼新娘
　　　　2.老實的水耳叔--仔
　　　　3.清義--仔選里長　　　田庄
　　　　4.豬寮成--仔佮阿麗　　運氣紀事
　　　　5.一人一款命
　　　　6.稅厝的紳士

台灣羅馬字音標符號及例字

聲母

<u>合唇音</u>	p 褒	ph 波	m 摩	b 帽
<u>舌尖音</u> (舌齒音)	t 刀	th 桃	n 那	l 羅
<u>舌根音</u>	k 哥	kh 科	ng 雅	g 鵝
<u>舌面音</u>	ts 懵 之	tsh 臊 痴	s 挲 詩	j 如 字
<u>喉　音</u>	h 和 好			

韻母

<u>主要母音</u>	a 阿	i 衣	u 于	e 挨	o(ə) 蚵	oo(o) 烏

| 鼻聲主母音 | ann | inn | | enn | onn | |
| | 餡 | 圓 | | 嬰 | 唔 | |

複母音	ai	au	ia	iu	io	(ioo)
	哀	歐	野	憂	腰	喲
	ua	ui	ue	uai	iau	
	娃	威	鍋	歪	夭	

鼻聲複母音	ainn	aunn	iann	iunn	ionn	
	偕	懊	營	鴦	羊	
	uann	uinn	uenn	uainn	iaunn	
	碗	○	○	歪	喵	

入聲韻母 p t k	ap	at	ak	ip	it	ik
	壓	遏	握	揖	一	億
	op	ut	ok	iap	iat	iak
	○	鬱	惡	葉	謁	○
		uat	iok			
		越	約			

入聲韻母 h	ah	ih	uh	eh	oh	ooh
	鴨	噎	噎	厄	偓	喔
	auh	iah	uah	ueh	ioh	iuh
	○	挖	哇	喂	臆	○
	annh	innh	ennh	onnh	mh	ngh
	○	○	○	○	○	○

韻尾母音

am	an	ang	im	in	ing
庵	安	尪	音	因	英

om	un	ong	iam	ian	iang
掩	溫	翁	閹	煙	央

	uan	uang			iong
	彎	嚾			勇

m		ng
姆		黃

聲調

1	2	3	4	5	6	7	8
第一聲	第二聲	第三聲	第四聲	第五聲	第六聲	第七聲	第八聲
	ˊ	ˋ		ˆ		－	∣
獅	虎	豹	鱉	牛	馬	象	鹿
sai	hóo	pà	pih	gû	bé	tshiūnn	lók
am	ám	àm	ap	âm	ám	ām	áp
庵	泔	暗	壓	醃	泔	頷	盒

in	ín	ìn	it	în	ín	īn	i̍t
因	允	印	一	寅	允	孕	一(tsit)
ong	óng	òng	ok	ông	óng	ōng	o̍k
翁	往	盎	惡	王	往	旺	○

變調

雞	鳥	燕	鴨	鵝	狗	蟹	葉
ke	tsíau	ìnn	ah	gô	káu	hē	hio̍h
↓	↓	↓	↓	↓	↓	↓	中入→
kē	tsiau	inn	a̍h	gō	kau	hē	hioh
仔	仔	仔	仔	仔	仔	仔（「仔」前不變調）	仔

徵求 2300 位 <small>(台灣萬人之一)</small>

開先鋒、擎頭旗的本土有心有緣人士！
◎「友情贊助」預約全六輯 3000元

★「友情贊助」全六輯優待3000元
　（大名寶號刊登各輯書前「友情贊助人名錄」，永遠歷史留名。）

★立即行動：送王育德博士演講CD1片+Freddy、張鈞甯主演《南方紀事之浮世光影》
　絕版電影書1本（含MP3音樂光碟）

感恩「友情贊助」《拋荒的故事》CD書全六輯

陳麗君老師	張淑真會長	李林坡先生	江永源先生
劉俊仁先生	蔣為文教授×2	蔡勝雄先生	郭茂林先生
陳榮廷先生	黃阿惠小姐	葉明珠小姐	陳勝德先生
王立甫先生	楊婷鈞小姐	丁連宗先生	李淑貞小姐
馮文信先生	林鳳雪小姐×5	劉建成總經理×2	謝明義先生×20
陳新典先生	郭敬恩先生	江清琮先生	莊麗鳳小姐
徐炎山總經理	陳宗智總經理	倪仁賢董事長	陳豐惠小姐
王海泉先生	許慧如老師	簡俊能先生	李芳枝女士
許壹郎先生	杜秀元先生	呂理添先生	張邦彥副理事長
陳富貴先生	林綉華女士	陳煜弦先生	曾雅禎小姐
楊飛龍先生	劉祥仁醫師×2	林松村先生	李遠清先生×2
陳雪華小姐	陸慶福先生	周定邦先生	陳奕瑋先生
葉文雄先生	黃義忠先生	邱靜雯小姐	徐義鎮先生
諸妏鈺經理	邱秀鈴小姐	蔡文欽先生	忠義先生
謝慧貞小姐	林清祥先生	鄭詩宗先生	張復聚先生×8
陳遠明先生	賴文樹先生	吳富炰博士	王寶根先生
柯巧莉醫師			

台語復興、台文起動的時代來了，
您，就是先知先覺的那一位！

【台灣經典寶庫】06

荷鄭台江決戰始末記

被遺誤的台灣

FC06 ／揆一著／甘為霖英譯／許雪姬導讀／ 272 頁／ 300 元

荷文原著 C.E.S《't Verwaerloosde Formosa》(Amsterdam, 1675) 英譯
William Campbell《Formosa Under the Dutch》(London, 1903)

※ 特別感謝：本書承棉品實業股份有限公司董事長
洪清峰先生認養贊助出版。

**350 年前，荷蘭末代台灣長官揆一率領 1 千餘
名荷蘭守軍，苦守熱蘭遮城 9 個月，頑抗 2
萬 5 千名鄭成功襲台大軍的激戰實況**

350 年前，台灣島上爆發首次政權攻防戰

1661 年 4 月底，中國國姓爺（鄭成功）在滿清朝廷重重剿殺下，率領兩萬五千大軍渡海襲台，荷蘭末代台灣長官揆一不甘屈服，憑藉手頭僅有的一千餘名荷蘭守軍，苦守熱蘭遮城（今安平古堡）頑抗，雙方激戰、談判又激戰，對峙了九個月，揆一才在必敗無疑的形勢下獻城投降，台灣從此脫離西方商業殖民勢力，被捲入至今難以拔脫的中國內戰漩渦。

千夫所指的揆一，忍辱寫下這本台灣答辯書

揆一率領部眾返回巴達維亞後，立即遭起訴，被判處死刑、財產充公，最後改判終身監禁在僻遠小島 Ay，在島上度過八年悲苦的流放歲月後，才在親友奔走下獲得特赦，返國前夕（1675 年），揆一以匿名形式出版本書，替自己背負的喪失台灣之罪名，提出最鏗鏘有力的答辯書，更為這場決定台灣命運的關鍵戰役，留下不朽的歷史見證。

絕無僅有的珍貴文獻，再現荷蘭殖民當局的苦惱與應對

本書是第一手文獻中唯一以這場戰役為主題的專著，從交戰一方荷蘭統帥揆一的角度，完整敘述戰爭爆發前夕的整體情勢，以及雙方交戰的實際經過，透過這一敘述，讀者不僅可以清楚瞭解島上荷蘭當局所面臨的困難與決策過程，也能跳脫習慣上從中國鄭成功角度所看到的「收復」台灣，改從島上荷蘭長官的立場來認識鄭成功「攻台」的始末。

藉揆一之筆，我們窺見台灣先祖的隱約身影

站在當時島上最高統帥揆一身旁，我們隨著他的眼光四下梭巡，看見早期台灣人的身影：兵荒馬亂下，富裕、有名望的漢人移民各自選邊站，有人向荷蘭長官密告，有人對國姓爺通風報信，沒錢沒勢的漢人移民則隨風飄蕩，或是逃回中國，或是留下來拚命保全畢生心血；原住民則在威脅利誘下，淪為島上強權的馬前卒，時而幫荷蘭人鎮壓漢人起義，時而替漢人攻打落難的荷蘭人，台灣最初主人的地位與尊嚴蕩然無存。

歷久彌新的經典，唯一流通的漢文譯本

本書目前有德、法、日、英、漢等語的譯本；其中，英譯本有三種，日譯本也有三種，漢譯本則有兩種。今年適逢 1662 年荷蘭人撤離福爾摩沙、國姓爺攻佔台灣的 350 周年，前衛出版社特推出《被遺誤的台灣》的第五種最新漢譯本，並委請中央研究院台史所研究員許雪姬教授撰寫導讀，以彰顯本書的不朽經典地位，讓這本與台灣命運密切相關的書籍，得以漢譯本的面貌重新在島上流通。

【台灣經典寶庫】07
李仙得台灣紀行

南台灣踏查手記

C07 ／李仙得著／黃怡漢譯／陳秋坤校註／272 頁／300 元

原著李仙得 Charles W. LeGendre《Notes of Travel in Formosa》(1874)
校註者／陳秋坤（史丹福大學博士・中研院台史所研究員退休）

※ 特別感謝：**本書承財團法人世聯倉運文教基金會董事長**
黃仁安先生認養贊助出版。

財團法人世聯倉運文教基金會近年持續投入有關蒐集及保存早期台灣文獻史料的工作。機緣巧合下，得知前衛出版社擬節譯李仙得原著《台灣紀行》(Notes of Travel in Formosa , 1874) 第 15～25 章，首度以漢文形式出版，書名定為《南台灣踏查手記》。由於出版宗旨與基金會理念相符，同時也佩服前衛林社長堅持發揚台灣本土文化的精神，故參與了本書出版的認養。

希望這本書引領我們回溯過往，從歷史的角度，進一步認識我們的家鄉台灣；也期盼透過歷史的觀察，讓我們能夠以更客觀、更包容的態度來面對未來。

財團法人世聯倉運文教基金會　董事長 黃仁安

19 世紀美國駐廈門領事李仙得，被評價為「可能是西方涉台事務史上，最多采多姿、最具爭議性的人物」

李仙得在 1866 年底來到中國廈門，其領事職務管轄五個港口城市：廈門、雞籠（基隆）、台灣府（台南）、淡水和打狗（高雄）。不久後的 1867 年 3 月，美國三桅帆船羅發號（Rover）在台灣南端海域觸礁失事，此事件成為關鍵的轉折點，促使李仙得開始深入涉足台灣事務。他在 1867 年 4 月首次來台，之後五年間，前後來台至少七次，每次除了履行外交任務外，也趁機進行多次旅行探險，深入觀察、記錄、拍攝台灣社會的風土民情、族群關係、地質地貌、鄉鎮分布等。1872 年，李仙得與美國駐北京公使失和，原本欲過境日本返回美國，卻在因緣際會之下加入日本政府的征台機構。日本政府看重的，正是李仙得在台灣活動多年所累積的縝密、完整、獨家的情報資訊。為回報日本政府的知遇之恩，李仙得在 1874 年日本遠征台灣前後，撰寫了分量極重的「台灣紀行」，做為獻給當局的台灣報告書。從當時的眼光來看，這份報告絕對是最權威的論述；而從後世台灣人的角度來看，撇開這份報告背後的政治動機不談，無疑是重現 19 世紀清領時代台灣漢人地帶及原住民領域的珍貴文獻。

李仙得《南台灣踏查手記》內容大要

李仙得因為來台交涉羅發號事件的善後事宜（包括督促清兵南下討伐原住民、與當地漢番混生首領協商，以及最終與瑯嶠十八番社總頭目卓杞篤面對面達成協議等），與當時島上的中國當局（道台、總兵、知府、同知等）、恆春半島的「化外」原住民（豬勝束社頭目卓杞篤、射麻里頭目伊厝等）、島上生活躍洋人（必麒麟、萬巴德、滿三德等）及車城、社寮、大樹房等地漢人混生（如彌亞）等皆有親身的往來接觸。這些經歷，當然也毫無遺漏地反映在李仙得「台灣紀行」之中。

之所訴說的，就是在 19 世紀帝國主義脈絡下，台灣南部原住民與外來勢力（清廷、西方人）相遇、衝突與交戰的精彩過程。透過本書，我們得以窺見中國政府綏靖南台灣（1875，開山撫番）之前的原住民社會，一幅南台灣生活的生動影像。而且，一改過往的視角，在中國政府與西方的外交衝突劇碼中，台灣原住民不再只是舞台上的小道具，而是眾人矚目的主角。

【台灣經典寶庫】出版計畫

台灣人當知台灣事，這是台灣子民天經地義的本然心願，也是進步台灣知識份子的基本教養。只是一般台灣民眾對於台灣這塊苦難大地的歷史認知，有人渾然不覺，有人習焉不察，而且歷史上各朝代有關台灣史料典籍汗牛充棟，莫衷一是，除非專業歷史研究者，否則一般民眾根本懶於或難於入手。

因此，我們堅心矢志為台灣整理一套【台灣經典寶庫】，留下台灣歷史原貌，呈現台灣山川、自然、人文、地理、族群、語言、政治、經濟、社會、文化、風土、民情等沿革演變的真實記錄，此乃日本學者所謂「台灣本島史的真精髓」，正可顯現台灣的人文深度與歷史厚度。

做為台灣本土出版機關，【台灣經典寶庫】是我們初心戮力的出版大夢。我們相信，這套【台灣經典寶庫】是恢弘台灣歷史文化極其珍貴保重的傳世寶藏，是新興台灣學、台灣研究者必備的最基本素材，也是台灣庶民本土扎根、認識母土的「台灣文化基本教材」。我們的目標是，每一個台灣人在一生當中，至少要讀一本【台灣經典寶庫】；唯有如此，世代之間才能萌生情感的認同，台灣文化與本土意識才能奠定宏偉堅實的基石。

目前已出版

福爾摩沙紀事：
馬偕台灣回憶錄
FC01／馬偕著／林晚生譯／鄭仰恩
校註／384 頁／360 元

田園之秋（插圖版）
FC02／陳冠學著／何華仁繪圖／全
彩／360 頁／400 元

素描福爾摩沙：
甘為霖台灣筆記
FC03／甘為霖著／阮宗興校訂／林
弘宣等譯／424 頁／400 元

福爾摩沙及其住民－
19 世紀美國博物學家的
台灣調查筆記
FC04／史蒂瑞著／李壬癸校訂／
林弘宣譯／306 頁／300 元

歷險福爾摩沙：回憶在
滿大人、海賊與「獵頭
番」間的激盪歲月
FC05／必麒麟著／陳逸君譯／劉
還月導讀／320 頁／350 元

被遺誤的台灣：
荷鄭台江決戰始末記
FC06／揆一著／甘為霖英譯／許
雪姬導讀／272 頁／300 元

南台灣踏查手記：
李仙得台灣紀行
FC07／李仙得著／黃怡漢譯／陳
秋坤校註／272 頁／300 元

即將出版：《蘭大衛醫生媽福爾摩故事集：風土、民情、初代信徒》

進行中書目：井上伊之助《台灣山地醫療傳道記》（尋求認養贊助出版）

甘為霖（William Campbell）《荷治下的福爾摩沙》（尋求認養贊助出版）
黃昭堂《台灣總督府》（尋求認養贊助出版）
王育德《苦悶的台灣》（尋求認養贊助出版）
山本三生編《日本時代台灣地理大系》（尋求認養贊助出版）

前衛【台灣經典寶庫】計畫

【台灣經典寶庫】預定 100 種書。

【台灣經典寶庫】將系統性蒐羅、整理信史以來，各時代（包括荷蘭時代、西班牙時代、明鄭時代、滿清時代、日本時代、戰後國府時代）的台灣歷史文獻資料，暨各時代當政官人、文人雅士、東西洋學者、調查研究者、旅人、探險家、傳教士、作家等所著與台灣有關的經典著書或出土塵封資料，經本社編選顧問團精選，列為「台灣經典寶庫」叢書，其原著若是日文、西文，則聘專精譯者逐譯為漢文，其為中國文言古籍者，則轉譯為現代白話漢文，並附原典，以資對照。兩者均再特聘各該領域之權威學者專家，以現代學術規格，詳做校勘及註解，並佐配相關歷史圖像及重新繪製地圖，予以全新美工編排，出版流傳。

認養贊助出版：每本 NT$30 萬元。

＊指定某一部「台灣經典寶庫」，全額認養贊助出版。

‧認養人名號及簡介專頁刊載於本書頁內，永誌感謝與讚美。
‧認養人可獲所認養該書 1000 本，由認養人分發運用。

預約助印全套「台灣經典寶庫」100 種，每單位 NT$30,000 元（海外 USD1500 元）。

‧助印人可獲本「台灣經典寶庫」100 本陸續出版之各書。
‧助印人大名號刊載於各書前頁，永遠歷史留名。

感謝認養【台灣經典寶庫】

‧C01 馬偕《福爾摩沙紀事：馬偕台灣回憶錄》
　　　　　　　　（台灣基督長老教會總會助印 1000 本）

‧C02 陳冠學《田園之秋》（大字彩色插圖版）
　　　　　（屏東北旗尾社區營造協會黃發保先生認養贊助出版）

‧C03 甘為霖《素描福爾摩沙：甘為霖台灣筆記》
　　　　　　（台北建成扶輪社謝明義先生認養贊助出版）

‧C04 史蒂瑞《福爾摩沙及其住民：19 世紀美國博物學家的台灣調查筆記》
　　　（北美台灣人權協會＆王康陸博士紀念基金會認養贊助出版）

‧C05 必麒麟《歷險福爾摩沙：回憶在滿大人、海賊與「獵頭番」間的激盪歲月》
　　　　　　　（北美台灣同鄉 P. C. Ng 先生認養贊助出版）

‧C06 揆一《被遺誤的台灣：荷鄭台江決戰始末記》
　　　　　（棉品實業股份有限公司洪清峰董事長認養贊助出版）

‧C07 李仙得《南台灣踏查手記》
　　　　　　　　（財團法人世聯倉運文教基金會認養贊助出版）

‧C08 連瑪玉《蘭大衛醫生娘福爾摩沙故事集》
　　　　　　（即將出版）彰化基督教醫院認養贊助出版）

戚謝預約助印全套【台灣經典寶庫】

鄭明宗先生　鄭文煥先生　廖彬良先生　林承謨先生

國家圖書館出版品預行編目資料

拋荒的故事. 第二輯, 田庄愛情婚姻紀事 / 陳明仁
原著；蔡詠淯漢字改寫. -- 初版. -- 台北市；前
衛, 2013.02
264面；13×18.5公分

ISBN 978-957-801-703-0(平裝附光碟片)

863.57   102002658

拋荒的故事
第二輯, 田庄愛情婚姻紀事

原　　著	Asia Jilimpo 陳明仁
漢字改寫	蔡詠淯
中文註解	蔡詠淯　陳豐惠　陳明仁
插　　畫	林　晉
美術設計	大觀視覺顧問
內頁排版	宸遠彩藝
責任編輯	陳豐惠
出版者	前衛出版社
	10468 台北市中山區農安街153號4F之3
	Tel：02-25865708　Fax：02-25863758
	郵撥帳號：05625551
	e-mail：a4791@ms15.hinet.net
	http://www.avanguard.com.tw
出版總監	林文欽
法律顧問	南國春秋法律事務所林峰正律師
總經銷	紅螞蟻圖書有限公司
	台北市內湖舊宗路二段121巷28、32號4樓
	Tel：02-27953656　Fax：02-27954100
出版日期	2013年02月初版一刷

定　　價　1書2CD新台幣600元
©Avanguard Publishing House 2013
Printed in Taiwan　ISBN 978-957-801-703-0

* 「前衛本土網」http://www.avanguard.com.tw
* 加入前衛facebook粉絲團，上網搜尋「前衛出版社」，並按"讚"。
⊙更多書籍、活動資訊請上網輸入關鍵字"前衛出版"或"草根出版"。